御曹司の極蜜危険な執着に捕まったら、迸る愛のかぎりを注がれています

m a r m a l a d e b u n k o

水十　草

marmalade bunko
マーマレード文庫

目次

御曹司の極蜜危険な執着に捕まったら、迸る愛のかぎりを注がれています

御曹司の極蜜危険な執着に捕まったら、迸る愛のかぎりを注がれています

プロローグ

遠くに行きたい。

このまま電車に乗って、知らない街まで行ってしまえたら――。

つり革を持って揺られていると、そんな願望が頭をよぎる。失恋したから、だけではない。昔から何か辛いことがあるたびに、幾度となくそう思ってきた。

実際行動に移せたことは、一度もないけれど。

「ご乗車ありがとうございました」

車掌のアナウンスを聞きながら、高良早紀子《たからさきこ》は職場のある駅で降りた。

勇気がないのだ。模範的な人間であることをやめられない。

子どもの頃から地味で大人しく、他人の顔色を窺《うかが》って生きてきた。優等生のいわゆる良い子だったから、両親は育てやすかっただろう。

早紀子にとっての両親も、温かく優しい人たちだった。

家業の文房具店はあまり儲かっておらず、経済的に苦しい中で、副業や内職をしながら早紀子を大学まで行かせてくれた。だからせめてもの親孝行にと、大学は国公立に進学し、安定した職に就いた。

早紀子はどんよりとした表情で、都内にある地方銀行の支店ビルに入る。

資金繰りに苦労する両親を見てきたこともあり、法人融資の仕事がしたくて、早紀子は銀行員という職業を選んだ。しかし現実は厳しかった。

結局融資の最終決定をするのは、支店長をはじめとする早紀子の上司。決裁が通らなければどうにもできない。

熱意を持って入社した早紀子だったが、取引先の会社を助けるより、ノルマ達成を重視せざるを得ないときもあった。

銀行員だってサラリーマンだから、会社の利益のために働かなければならない。

わかってはいるけれど、業績の悪い会社に無駄な労力を払うなと、上司から叱責されたときは本当に悲しかった。

なんのために、銀行員になったのだろう――？

存在意義がわからなくなった早紀子を励まし、力になってくれたのが先輩の新山史《にいやまし》郎《ろう》だった。彼はほかの先輩や同僚とは違っていた。

自分の実績を落としたくないからと、平然と融資の打ち切りをして、資金の回収に回るようなことはせず、どんなに小さな会社からも親身になって相談を受けた。

そんな史郎を好きになったのは、必然だったと思う。

これまで真面目に勉強ばかりしてきて、恋愛はいつだって後回し。二十五歳にもなって初めて、早紀子は異性を意識したのだ。

でも史郎はモテた。こざっぱりして明るく、気さくな人気者で、憧れている女性社員は何人もいた。

だから早紀子は最初から諦めていたのだ。彼女みたいな地味な女を、史郎が選んでくれるはずがない、と。

「取引先に映画のチケットもらったんだけど、よかったら一緒に行かない？」

初めて史郎に誘われたとき、早紀子はデートだと思っていなかった。そのくらい信じられなかったのだ。

何度か一緒に出かけた後、付き合おうと言われた。社内恋愛だから、周囲には秘密だったけれど、史郎の恋人になれたことがものすごく嬉しかった。

男女交際は初めてだった早紀子とは違い、史郎はこれまでにも彼女がいたようだった。元カノの話をされるのはあまり気分が良くなかったけれど、彼のデートプランはいつも完璧で、本当に楽しい時間を過ごした。

史郎と会うのは週末で、郊外への日帰りドライブが定番だった。

毎週遠出は大変だし、お互いの家の近くでいいよと言ったこともあったけれど、早紀子のためにわざわざ計画してくれるのは単純に嬉しかった。

順調なお付き合いも早三年。となれば結婚も意識する。

早紀子は二十八歳、史郎は三十歳になっていたから、そろそろプロポーズがあるかもしれない、なんて期待までしていた。

地方銀行の正社員同士、共働きすればマイホームだって夢じゃない。ささやかながら幸せな家庭を、史郎とふたりで作っていけたらと思っていた。

同僚からある噂を聞いたのは、そんな頃だ。

史郎が取引先の社長令嬢に見初《みそ》められたらしい。しかも近々結婚する、と。

信じられなかった。きっと何かの間違いだと思って、次のデートで史郎を問いただした。

「ごめん、その話本当なんだ」

史郎は申し訳なさそうに、でもどこか嬉しそうに言った。早紀子は現実が受け入れられずに、震える声で尋ねる。

「どういう、こと？」

「この前うちの銀行の懇親会があったのは知ってるだろ？」

「えぇ、あなたも部長と一緒に出席するって」

「そこで彼女と出会ってね。俺をすごく気に入ってくれたんだ」

一目惚れされた、とでも言うつもりだろうか。史郎は確かに人当たりはいい。話し方も柔らかいし、見た目だって悪くはない。だとしても。

「あなたには私が」

「言えるわけないだろ？　彼女がいるなんて」

史郎は冷たく言い放ち、早紀子に言い聞かせるように続ける。

「彼女と結婚すれば、俺の将来は安泰だ。早紀子には申し訳ないけど、選択の余地なんてないよ」

わかるだろ？　そう史郎の目が言っている。

「私、は」

言葉が出なかった。酷い仕打ちにショックを受けていただけでなく、万力《まんりき》のような力で両肩を掴まれていたからだ。

「早紀子はもちろん、俺の幸せを祈ってくれるよな？」

念を押す史郎の声は、まるで早紀子を脅迫しているようだった。

＊

ふたりの関係をバラすことは、できなかった。

別に史郎のためじゃない。社内の誰もふたりの交際を知らなかったのだから、早紀子が自ら捨てられたと喧伝《けんでん》する必要はないと思ったのだ。

もし誰も早紀子の話を信じてくれなかったら、彼女が損をするだけ。

史郎はそこまで計算していたのかもしれない。仮に早紀子と別れることがあっても、会社で面倒なことにならないように。

失恋は辛い。

でもそれより、皆から祝福されている史郎を見るのが辛かった。悔しくて情けなくて、仕事中にもかかわらず、涙が溢《あふ》れ出しそうになったこともある。

このままじゃダメ。勇気を出して変わらないと。

いつもなら思うだけで終わっていた。何もせず耐える道を選んできた。

でも今度ばかりは覚悟を決めて、旅に出ることにした。どこか特別な場所へ。

溜まっていた有給、貯めてきたお金、全部使い切ってもいいと思った。そのくらい思い切ったことをしないと、生き方を変えるなんてできない。

早紀子は人生をやり直したいのだ。

傷ついて塞ぎ込むのではなく、この失恋を糧《かて》にして成長したい。史郎なんかよりずっと素敵な恋人を見つけて、彼を見返してやりたい。

そんな攻撃的なことまで考えるほど、気持ちは固まっていた。これまでとは違う、強くて行動力のある、格好いい女性になりたかったのだ。

悩んだ末に選んだ渡航先は、モナコ公国だった。治安が良く、セレブが集まる国という認識しかなかったけれど、現実を忘れるにはちょうどいいと思えた。

月収の三ヶ月分以上を費《つい》やすことになる、五日間のモナコツアー。

それだけ支払っても食事は一切付いておらず、一日目と四日目は機中泊だから、実質モナコを観光できるのは二日間のみだ。

楽しむための旅、とは言えないかもしれない。しかし早紀子にとってこれは冒険であり、生まれ変わるための儀式だった。

だからカジノに足を踏み入れたのだと思う。

モナコと言えば、真っ先に思い浮かぶ象徴的な場所。夜の帳《とばり》が下りると高級車が次から次に横付けされ、麗しい男女がベルエポック調の建造物に消えていく。

本来早紀子が訪れるようなところではなく、美しいイルミネーションを遠くから眺めるくらいがちょうどいいのはわかっていた。

それでも行かねばならないと思ったのだ。自分を変えるためにはただ見学するのではなく、実際に参加して濃縮されたゴージャスさを味わう必要があった。

一張羅《いっちょうら》のワンピースを着て、ヒールサンダルを履いた早紀子は、ガラス屋根で覆われたエントランスを抜けてゲーム室に入った。

誰もが一攫千金を狙って、目を血走らせているような風景を想像していたけれど、天井画や壁画で飾られた室内はまるで美術館のよう。格式の高い、セレブの豪華な遊び場というのがよくわかる。

早紀子はピンと背を伸ばし、尻込みする心を追い払って、堂々とポーカーテーブルに座った。アプリゲームでルールを知っているだけで、リアルで人とプレイしたこともないのに。

ただカジノの雰囲気を味わうだけなら、スロットマシンを選んでいた。コインを入れてボタンを押すだけでいいのだから。

しかしそれでは意味がない。参加したとは言えないのだ。

最低額をベットして、ディーラーから二枚のカードをもらう。

勝っても負けてもよかった。お金を賭けるという行為そのものが、度胸試しになったからだ。

それなのに、不思議と勝ってしまう。

手元に来るカードが、最初から強いのだ。すでに役になっている。

早紀子が何もしなくても、勝負についていくだけで、面白いようにお金が増えていった。それに合わせてギャラリーも増え、テーブルは異様な熱気に包まれていく。

何かおかしいと思うべきだった。

明らかに運ではない、何者かの作為が働いていたのに。

「お嬢さん、ちょっとこちらへ」

熱に浮かされていた早紀子が、現実に引き戻されたのは、屈強な警備員に英語で声を掛けられたときだった。

「え、あの」

「大人しくしてくだされば、手荒な真似はしませんから」

腕を掴まれた早紀子は何がなんだかわからず、頭が真っ白になる。

やっぱりカジノなんて、来るべきじゃなかった。早紀子には分不相応だったのだ。

映画の中の女優気取りで、本当に馬鹿だった。

このまま捕まってしまったら、どうなるのだろう？

日本にはもう二度と戻れないのだろうか？

絶望的な想像で、冷や汗が背中を伝う。早紀子が恐怖で身体を縮こまらせると、洗練された低音が凛と響いた。

「君たちが探しているのは、彼女ではないよ」

皆が一斉に声のしたほうを振り返った。

眩《まぶ》しい――。最初の印象は、それだけだった。

あまりにも美しく、煌《きら》びやかな若い男性。まるでスクリーンから抜け出してきたみたいだ。アジア系、日本人のようだけれど、ノーブルで端整な顔立ちは、この場に相応《ふさわ》しく、カジノに通い慣れた様子はただの観光客には見えない。

ウルフカットにした栗色の髪、ストライプのスリーピーススーツ。品の良いオニキスのカフスが袖口を飾り、最高級ブランドの腕時計がよく似合っている。

優雅な富裕層なのだとは思うけれど、その若さにそぐわない厳しい目つきが、早紀子をどこか不安にさせた。堅気《かたぎ》の人だとは思えなかったからだ。

そのくせ笑顔は天真爛漫《てんしんらんまん》で、早紀子の心を鷲掴みにする。アンバランスな魅力が堪《たま》らず、彼に目を奪われてしまうのだ。

皆が男性を見守る中、彼は早紀子の隣の席にいた女の肩に手を置いた。

「いかさましてたのは、この女だ。君らに疑われてることに感づいて、彼女をスケープゴートにしようとしたんだよ」

女は座ったまま、真っ青な顔でじっとしている。

「俺の目は誤魔化《ごまか》せない。ディーラーとグルになって、わざと彼女を大勝ちさせたんだよな？」

警備員は責任者らしい男性と何か話し合っていたようだが、最終的にディーラーと女を連れて去っていく。

安堵した早紀子は、思わずその場に座り込んだ。極度の緊張でどうにかなってしまいそうだったのだ。

「大丈夫？」

手を差し出してくれたのは、さっきの男性だった。久しぶりに聞く日本語に、すごくホッとする。

「は、はい」

早紀子は男性の手を取って立ち上がり、深々と頭を下げた。

「助けていただいて、ありがとうございました。状況も飲み込めないまま、警備員の方に腕を掴まれて、すごく怖くて」

「君、観光客だろ？　カジノに慣れてなさそうだから、狙われたんだよ」

「そう、だったんですね……」

　虚勢を張っていても、見る人が見ればわかってしまう。早紀子は恥ずかしくなって項垂《うなだ》れた。

「やっぱり私には、こういう場所は不釣り合いでしたね」

「そんなことないと思うけど。まぁでもチャーミングな君には、夜更けのカジノより白昼のバラ園のほうが相応しいかな」

　男性は早紀子に微笑みかけ、優しく続ける。

「俺は、小林直樹《こばやしなおき》。君さえよければ、この辺りを案内しようか？」

「こちらに、お住まいなんですか？」

「いや、俺も君と同じ、バカンスだよ。ただここには何度も来てるから、観光ガイドくらいはできる」

　普通の人が一生に一度訪れられるかどうか、という憧れの国。そんな場所にいともたやすく来られるなんて、直樹はどういう人物なのだろう。

「私、お金はないですよ。ガイド料は出せません」

　警戒した早紀子が怖々言うと、直樹はクスクスと笑い出す。

「別に金なんて取らないよ。それにあれだけポーカーで勝ったんだから、数日は遊べるんじゃない？」

直樹がポーカーテーブルを見たので、早紀子もそちらに顔を向けた。彼女のチップがまだ堆《うずたか》く積まれ、今にも崩れそうだ。

「ダメですよ！　いかさまで勝ったお金で豪遊なんて」

「君がいかさましたわけじゃなし、俺がうまく交渉すれば全部君の物になる。金がないならちょうどいいだろ？」

「それとこれとは別の話です。不正なお金は一切受け取りません」

早紀子がきっぱり言うと、直樹はひゅぅと口笛を吹いた。どこか楽しそうな様子で、彼女を見透かすような目をしている。

「じゃあ俺が事情を話して、チップは回収してもらおう。その代わり、滞在中は俺に付き合うこと」

「え？　あの」

「手間賃ってことで、いいだろ？　一応俺は君を助けたわけだし？」

そう言われると断れない。直樹がいなければ、早紀子は今頃、いかさまの疑いで尋問されていたかもしれないのだ。

「わかり、ました」

早紀子が了承すると、直樹は彼女の宿泊先を聞き出してから言った。

「明日迎えに行くよ。ひとりで帰れる？　よければ、車を手配するけど」

「いえ、大丈夫です」

ありがたい申し出だったけれど、まだ完全には直樹を信用できない。彼はこちらの様子を気にしていたが、最終的には軽く手を上げて去っていったのだった。

第一章　濃密な一日

昨日はよく眠れなかった。

改めて考えれば、とんでもなく軽率だったと、自分の行動を後悔していたからだ。

早紀子は直樹の名前しか知らない。

素性や仕事どころか、国籍すらはっきりとはわからないのだ。そんな人と行動を共にするなんて無謀すぎる。

早紀子が変わりたかったのは事実だし、そのためにモナコまでやってきた。でも昨晩のカジノで思い知ったのだ。

冒険は向いていない、と。

早紀子は無鉄砲と勇気の違いすら、本質的には理解できていなかった。失恋して自暴自棄になって、見境もなくもがいていたに過ぎない。その場の勢いに任せて、向こう見ずにも日本を飛び出してしまったのだ。

しかしもう、こりごりだった。あんな目に遭えば、誰だって冷静になる。

ここから先は、普通の観光客になりたかった。カジノなんかに行かなくても、モナコは素晴らしい国なのだ。

早紀子は十分に反省したし、幸いにもまだ一日はモナコを楽しめる。心機一転本来のペースで、旅行を満喫したい。が、直樹との約束があった。

感謝はもちろんしているし、改めてきちんとお礼もしたい。ただ、直樹の思惑というものを、どうしたって勘ぐってしまうのだ。

助けてくれたのだから悪人だとは思わないけれど、直樹からはどこかアブノーマルな香りがした。

早紀子と変わらないような年齢に見えるけれど、身につけている品は高価な物ばかり。モナコに何度も来られるほど、金銭的にゆとりがある。

それでいて大富豪の子息、といった雰囲気はない。瞳が鋭すぎるのだ。

うまく言葉では言い表せないが、修羅場《しゅらば》を何度もくぐってきた凄み、のようなものが直樹にはあった。でないとあれほどスマートに、早紀子を救うことはできなかっただろう。

きっと直樹にすれば、旅先のアバンチュールは日常に過ぎない。早紀子とは全然違う世界に住んでいるのだ。

モナコに到着してからろくに観光もしないまま、日が暮れてすぐカジノに突撃した早紀子だけれど、本当の彼女は臆病で生真面目だ。史郎以外と付き合ったことはなく、簡単に身体は許せない。

たとえ直樹が、素敵な男性であろうとも、だ。

とは言え、約束の時間は迫っている。人目のあるホテルのカフェで、朝食でもご馳走し、ガイドについては丁寧に断ろう。

どうせ早紀子には時間の制約がある。明日の朝にはホテルをチェックアウトして、午前の便で日本に帰らなければならない。

最初から何日も掛けて、悠長にモナコを楽しめる余裕はないのだ。こちらの事情がわかれば、直樹だって納得してくれるだろう。

早紀子はベッドから起き出すと、トランクから着替えを引っ張り出した。スカートは昨日の一着だけで、パンツしかない。

なんだか愛想がない気もするけれど、これはデートではないのだから、意識していないように見えてかえっていいかもしれない。

早紀子はハイウエストのテーパードパンツにシャーリングブラウスを合わせて、軽く化粧をすると、階下のカフェに向かったのだった。

「やぁ、おはよう」

驚いたことに直樹はすでに早紀子を待っていた。

今日はスーツ姿ではない。スポーティなスエードのブルゾンに、程よくウォッシュがかかったブラックジーンズを合わせている。

リラックスしたスタイルだが、どこか品位を感じるのは、素材の高級さと細部まで手の込んだ仕立てのせいだろう。まさにオーラを纏うという言葉が相応しく、全身からエレガントな雰囲気を漂わせている。

「遅くなってすみません」

思わず謝ったのは、飲み終えたコーヒーカップがテーブルに置いてあったからだ。直樹はかなり前からここにいたに違いない。

「俺が早かっただけだよ。夜が明けるのが待ち遠しくてね」

無邪気な笑顔はとても可愛らしく、意外な表情に面食らってしまうけれど、直樹がなぜそんなにも早紀子に興味を持ってくれているのかわからない。

「どうして、私なんです？　お互いのこと、何も知らないのに」

「そうだね。俺は君の名前さえ知らない」

早紀子は目をパチクリさせるが、言われてみればまだ名乗ってもいなかった。彼女はすぐに深々と頭を下げる。

「申し訳ありません。助けていただいたのに、自己紹介もせず……。日本から来ました、高良早紀子と言います」

「早紀子か、良い名前だ」

直樹の声が甘く響き、早紀子はドキンとしてしまう。彼のほうを見ることができず、頭を上げられない。

「ありがとう、ございます」

「早紀子と、呼んでも？」

「え、あの」

距離の縮め方が急すぎる。こんなに積極的な男性は初めてで、早紀子は戸惑うばかりだ。

「出会ったばかりで、まだ早すぎませんか？」

「高良さん、なんて他人行儀で窮屈だよ。俺のことも直樹と呼んで欲しい。君と仲良くなりたいんだ」

「どうして、私なんです？」

また同じ質問をしてしまった。でも、その疑問が解消されない限り、直樹と打ち解けることはできない。

「君に興味が湧《わ》いたから、じゃダメかな？　ほかに理由なんてないんだけど」

シンプルな答えだが、誰にでも使える言葉だった。その場しのぎに思えて、早紀子はつい眉をひそめてしまう。

「……いつもそんな風にして、女性を口説《くど》かれるんですか？」

「別に誰彼となく声を掛けてるわけじゃないよ。そういう男に見える？」

見えるが、正直に見えるとも言えず、早紀子は黙ってしまう。直樹は軽く肩をすくめて、苦笑いをした。

「君は本当に今まで会ったことないタイプだな。こう言っちゃなんだけど、俺が声を掛けたら、大抵の女性は喜んで付き合ってくれるよ？」

「その中に、私は入ってないだけです。昨日のことは感謝していますし、もちろんお礼はさせていただくつもりですけど」

「お礼って、何を？」

直球の質問を受けて、早紀子はまごついた。

「それは、つまり、こちらでの朝食をご馳走する、とか……」

「君の感謝って、その程度なんだ？　俺が声を掛けなければ、君は今頃冷たい牢の中だったかもしれないのに？」

脅されている、のだろうか。早紀子が青くなったのを見て、直樹は彼女を安心させるようにハハハと笑った。

「ごめんごめん、怖がらせて。でも君があんまり頑固だからさ。少し付き合うくらい構わないだろ？」

直樹が軽く言うのは、彼には時間がたくさんあるからだろう。清水《きよみず》の舞台から飛び降りるつもりで、ここに来た早紀子とは違う。

「私には今日しかありません。明日の朝には日本へ発つんです」

項垂れた早紀子の言葉を聞いた途端、直樹は立ち上がっていた。

「そういうことは早く言ってくれよ。だったら今すぐ出発しよう。貴重な時間を無駄にしたいのか？」

「でも」

「早紀子の一日を俺にくれ。絶対に後悔はさせない」

直樹の瞳が早紀子に決断を迫っていた。名前を呼んだのはきっとその証《あかし》だ。

どうすればいいのだろう――？

ただこうしている間にも、時間は刻一刻と過ぎていく。誘いを断ることはできるだろうけれど、それではお礼もできないままだ。

モナコまで来たのは、新しい一歩を踏み出すため。何もしないなら、時間とお金を浪費しに来ただけになってしまう。

「一緒に、行きます」

顔を引き締めた早紀子は、しっかりと直樹を見つめて言った。すぐに迷いが吹っ切れたわけではないが、彼女には迷う時間すら十分にはないのだ。

ここで立ち尽くすよりは、直樹の誘いに乗るほうがいい。早紀子はここで、生まれ変わりたいと思っているのだから。

「決まりだ」

直樹はにこっと笑うと、伝票を取り上げ会計を済ませた。彼に連れられてホテルを出ると、エントランスでスポーツカーが待っている。

早紀子が同意するのを確信していて、手配を済ませていたらしい。なんだか直樹の手のひらの上で転がされている気がするが、それだけ利発な人なのだろう。

こちらで走っているのは高級車ばかりだが、中でも直樹の車は一際目立っている。旅行中だけ借りているのだとしても、レンタル料だって相当高額なはずだ。

「さぁ乗って」

直樹は助手席の扉を開け、早紀子を車内に促す。彼女が座席に収まると、彼は運転席に回って、ハンドルを握った。

「行ってらっしゃいませ」

スタッフに見送られ、直樹は車を発進させる。

「さて、どこに行こうか？　宮殿や大聖堂にはもう行った？」

「まだどこにも」

「それでいきなりカジノ？　早紀子は変なところで、肝《きも》が据わってるな」

直樹は一瞬驚いたが、すぐ愉快そうに笑う。しかし早紀子は顔を曇らせ、ポツリとつぶやいた。

「……私、観光に来たわけじゃないんです」

早紀子の深刻な様子を感じてか、直樹はそれ以上尋ねることはしなかった。強引な人だと思っていたけれど、プライバシーの侵害はしないらしい。

意外と紳士なのだと感じて、早紀子は幾らか安堵する。

よく考えてみれば、本当に直樹が悪事を働こうとしているなら、昨日の段階で行動に移していたはずだ。

早紀子は相当動揺していたし、判断力も鈍っていた。わざわざ夜が明けるのを待ち、彼女が冷静さを取り戻してから、改めて誘う必要などない。

やはり直樹は悪人ではないのだろう。彼と共に行動することを選んだのだから、もう少し心を許してもいいのかもしれない。

「恋人に、振られたんです」

直樹の目がわずかに開かれた気がしたが、彼は何も言わなかった。早紀子は彼が探りを入れてこないのを知って先を続ける。

「結婚目前だったからショックで、衝動的に日本を飛び出してしまったんです。そうでもしないと、自分を変えられない気がして」

真っ直ぐ前を向いたまま、直樹は運転を続けている。下手な同情よりも沈黙のほうがありがたく、彼の優しさに感じ入る。

「じゃあ変わろう。俺、手伝うからさ」

しばらくしてから、直樹はおもむろに口を開いた。彼の提案は嬉しいが、これは早紀子側の事情だ。

「いえ、そちらには関係ないことですから」

「そう言うなよ。今日一日付き合ってもらうんだから、思い切りエンジョイして、良い思い出を持って帰って欲しい」

明るく言う直樹からは、憐憫《れんびん》は感じられない。ただ早紀子との時間を、純粋に楽しもうとしている。

「どうしてそこまで、してくれるんです?」

直樹の言葉が善意であれば、なおさら不思議でならなかった。早紀子とは出会ったばかりで、彼から厚意を受ける理由がないのだ。

言葉を選んでいるのか、直樹はすぐには答えない。じっと考え込んでいるようで、彼にとって軽いナンパではなかったのだとわかる。

「早紀子が真っ当に生きてるから、かな」

直樹はようやく返事をしたけれど、早紀子が素直に納得できるものではなかった。その言葉はまるで、彼は違うというように聞こえたからだ。

困惑する早紀子に向かって、直樹はボソッとつぶやくように尋ねる。

「カジノで、不正な金はいらないって言っただろ?」

「言いました、けど」

「金に綺麗汚いはないいし、儲けることは悪じゃない。でもなんか、すげー格好いいなって思っちゃったんだよ」

車は安定感を維持しつつ、コーナーを曲がった。スピードが出ていても、車体のバランスは保たれており、運転技術の高さがよくわかる。

巧みにハンドルを操作しながら、直樹の瞳は憂いを帯びていた。自分にはどうしようもない、解決できない問題に、打ちのめされているかのようだ。

外見から来る、美しく華やかなイメージは、欠片《かけら》もない。

ミステリアスな人……。直樹は何もかも手にして、人生を謳歌できる条件を揃えていながら、どこか空虚に見える。

早紀子は俄然《がぜん》、直樹に興味が引かれるのを感じていた。彼は今まで会った、どんな男性とも違う。形容しがたい魅力に溢れているのだ。

でも一方で知ることが怖かった。知ってしまえば後戻りできない気がして。

これ以上直樹に深入りしてはいけない。早紀子の勘がそう告げているのに、彼女の口から出たのは、彼と過ごすための前向きな言葉だった。

「私、日本庭園に行ってみたいです」

なぜそんなことを言ってしまうのか、自分でも不思議だった。

直樹がごく普通の勤め人である可能性は低く、親しくなればなるほど泥沼に嵌《は》まっていく気がする。

それでも直樹から離れるのは、違う気がした。見かけによらず繊細な彼を、突き放すことはできなかったのだ。

「わかった。しっかり掴まってて」

早紀子の言葉を聞いて、直樹は嬉しそうな笑顔を見せた。彼は大きくハンドルを回し、有名な日本庭園に向かったのだった。


モナコに日本庭園があるのは、公妃が日本文化に関心を持っていたからだ。亡くなった妻の遺志を実現するため、大公は日本の造園家に依頼し、本格的な回遊式の庭園を造ったと言われている。

「不思議な気分……。地中海に面していながら、日本を感じられるなんて」

「ここには茶室や、灯籠《とうろう》もあるからね。開園して二十年近く経つけれど、大切に維持管理されてるんだ」

直樹は池の側《そば》にしゃがみ込んで、優雅に泳ぐ鯉を見ながら続ける。

「それだけ夫婦の絆が強かったんだろうし、子どもたちも今なお両親を愛しているんだと思うよ」

寂しげな直樹を見ていると、こちらまで胸が痛くなる。複雑な家庭の事情か、凄絶な生い立ちでも抱えているような表情だ。

「早紀子の両親はどんな人？」

立ち上がった直樹が、さりげなく尋ねた。一瞬個人的なことを話すのをためらったけれど、彼の傷ついた瞳を見たら自然と口が開いていた。

「優しい人たちです。小さな文具店を経営していて、いつも資金繰りに苦労していたのに、私を大学まで行かせてくれました」

家計のことを考えて、早紀子は高校も大学も私立には行かなかったけれど、それでも多額の費用がかかったと思う。両親は彼女の大学卒業と同時に店を閉めたから、娘のために踏ん張ってくれていたのだ。

「仲はよかった？」

「そう、ですね。けんかしてるのは見たことがありません。父は穏やかな人で、母を叱責したのも一度だけです」

早紀子はあのときの父親を思い出して、ほんのり笑いながら続ける。

「夫婦湯呑みのひとつが欠けたから、母は別のコップを使っていたんです。そしたら夫婦で揃いの食器なんだから、片方が欠けたのなら両方買い直しなさいって」

黙って早紀子の話を聞いていた直樹は、羨《うらや》ましそうな瞳をこちらに向ける。

「愛し合って、いるんだろうね。そういう両親だったら、俺もこんな風にはなってなかったかもな」

早紀子が返答に窮《きゅう》していると、直樹は一転して明るく言った。

「幸せな家庭で育ったんだろうって、早紀子を見てると思うよ。俺にはそんな君が、すごく眩しい」

それも、早紀子に声を掛けた理由のひとつ、なのだろうか？

今こうして付き合ってくれていることだって、直樹にはなんの得もないように思われるが、彼には彼なりの訳があるのかもしれない。

「あの、何か悩まれているなら、お話くらい聞きますよ」

思い切って提案すると、直樹は目をパチパチとさせた。あんまり驚いている様子なので、気恥ずかしくなるが、勇気を出して続ける。

「その、つまり、していただくばかりじゃ申し訳なくて。今日一日この場限りの関係だったら、気軽に打ち明けられるんじゃないですか？」

直樹がふいに笑い出した。反応が予想外で、早紀子がオロオロしていると、彼は目尻を擦りながら言った。

「早紀子はお節介だな」

「な、私は」

「でもそこがいい」

直樹はもう笑っておらず、じっとこちらを見ていた。焦《こ》がされそうなほど熱い視線を向けられ、早紀子はつい目をそらしてしまう。

史郎と付き合っていたときでさえ、こんなに胸が高鳴ることはなかった。直樹があまりにも美しく、現実離れした存在だからだろう。

王子様に仕《つか》えるメイドは、こんな気分かもしれない。目を合わせるだけで、恐れ多いような気持ちになるのだ。

「俺と真っ向から、正直に関わろうとしてくれる女性は、初めてだよ。やっぱり早紀子は、ほかの誰とも違う」

直樹は心底嬉しそうに言い、早紀子は戸惑ってしまう。

「買いかぶらないでください。行きずりだから、無責任なことが言えるんです」

「たとえ行きずりでも、俺にそんなこと言った人はいなかったよ。早紀子は真面目で優しい。君といると、俺までいい人間になったような気がするんだ」

確かに直樹には陰がある。しかし、自分を悪い人間のように言わないで欲しい。

「直樹は素敵な人、だわ」

親しく呼ぶことに葛藤はあった。

顔を背《そむ》けてしまったのはそのせいだ。

それでも直樹に自己否定して欲しくなかったのだ。

直樹がふいに早紀子の手を取った。しなやかな指先に触れられて頭が混乱する。

「ちょ、え、何を」

「ありがとう。早紀子の言葉なら、信じられる」

直樹は握る手に一層力を込め、早紀子は彼の手のぬくもりと力強さに、しどろもどろになってしまう。

「ダメよ、そんな。適当に言っただけかも、しれないのに」

「早紀子は本心しか言わないよ。だろ?」

どうして直樹は、早紀子のことをずっと前から知っているような話し方をするのだろう。まだ出会ってから、一日だって経っていないのに。

「それに俺が信じたいんだ。早紀子みたいな女性が、俺を評価してくれるなら、俺もまだ捨てたもんじゃないと思える」

直樹が抱えてる問題は、きっとひどく重い。早紀子が少し話を聞いたくらいでは、とても解消などできないだろう。詳しい事情も知らないくせに、軽はずみなことを言ってしまった気がして、彼に申し訳なくなる。

「私の言葉に、そんな力はないわ。直樹を救えるなんて思ってないし」

「俺だって、救ってもらおうとは思ってないよ」

柔らかな笑顔で直樹は続ける。

「でも希望はもらえた。現実に立ち向かう勇気が出たんだ。早紀子と一緒に、俺も変わりたい」

そんな風に言われると、早紀子の悩みが随分とちっぽけに思える。

たかだか恋人に振られたくらいで、この世で一番不幸なのは自分だなどと、大した思い上がりだ。直樹に申し訳ないし、視野の狭さが恥ずかしい。

人生はまだまだこれから。気持ち次第で、幾らでも変わっていける。

早紀子も直樹も、それは同じだ。抱えている問題は違うけれど、勇気を持って前に進めば、未来を切り拓《ひら》いていける。

失恋して初めて、早紀子は心からの笑顔を浮かべた。

「仲間ができて、嬉しいわ」

きっと直樹に出会わなければ、何も得られないまま帰国していただろう。モナコに来てもカジノに行っても、晴れなかった心が今は軽い。

大事なのは環境を変えることじゃなく、ちゃんと目を開いて、世界を見ることだったのかもしれない。

「俺も心強いよ。ひとりじゃないって、いいな」

とびきりの笑顔だった。純粋で混じりけがなく、まるで天使だ。

ふと見せる厳しい視線や暗い陰の一方で、こんな表情もできる。直樹の持つ不思議な二面性は、とても神秘的で惹《ひ》かれてしまう。

「意気投合できたとこで、飯でもどう？ 俺、朝から何も食ってないんだよね」

言われてみれば、早紀子も同じだった。ずっと気持ちを張り詰めていたせいか、ようやく空腹に気づく。

「そう、ね。どこかいい店、知ってる？」

「任せて。最高のランチをご馳走するよ」

直樹は軽くウインクして、やっと早紀子の手を離してくれたのだった。


助手席の窓から外を見れば、陽光に輝く街並みが広がっていた。温暖で雨が少ない気候だけあって、こちらに到着してからずっと晴天だ。

何か話をしようかと思ったけれど、話題が見つからない。プライベートの早紀子はいつもそうだ。史郎と付き合っていたときも、口火を切るのは彼のほうだった。

今思えば早紀子は受け身だったと思う。

デートだって大抵は史郎にお任せで、自分からどこそこに行きたいと、提案した覚えもない。ワガママを言わない早紀子が好きだと、彼は言ったけれど、本当にそうだったのだろうか。

毎週のドライブは、史郎にとって負担だったのかもしれない。よく言えば大人しく、あまり自己主張しない早紀子に、飽きていたのかもしれない。

裏切られて、捨てられて。史郎を恨む気持ちはあったが、早紀子にだって悪いところはきっとあった。

ようやく自身を省《かえり》みる気持ちになったのは、直樹のおかげだ。カジノで救ってくれただけではなく、早紀子が自分を取り戻すきっかけを作ってくれた。

モナコに来てよかった――。

あのまま日本にいて、盛大な結婚式を挙げる史郎を目の当たりにしたら、早紀子の精神は壊れ、彼への怨嗟《えんさ》に蝕《むしば》まれていただろう。

直樹には感謝している。しかし彼と親しくすることには、まだ若干の不安を抱えてもいた。彼のことを知れば、そんな迷いも消えるのだろうか？

早紀子はちらっと直樹の横顔を盗み見た。惚れ惚れするほど麗しい。車窓の風景とも相まって、最早《もはや》映画のワンシーンのようだ。

自分は観客なのに、スクリーンの向こう側に来てしまった気がして、場違いな感覚と共に現実感がなくなる。

直樹のことを知りたいけれど、知ってはいけない。早紀子の理性が警告するのは、ふたりの世界があまりにかけ離れているからだ。

「どうか、した？」

早紀子の視線に気づいたのか、直樹が尋ねた。彼女は決まりが悪くなって、へどもどと答える。

「ぁ、えっと、どんなお店に行くのかなって。食べ物はスーパーで調達してたから、まだレストランに入ったこともなくて」

こういうことを言うのは恥ずかしかったけれど、日本とは物価が全然違う。ホテルで朝食を取ろうにも、日本ではディナーが食べられる金額なのだ。

「大丈夫、気取らない店だよ。ドレスコードもないから、心配しなくていい」

直樹は優しく言って、穏やかに微笑む。

「きっと早紀子も気に入るんじゃないかな」

直樹の車が止まったのは、地中海に面したカジュアルなビストロだった。遠くを船が行き交うのが見え、海鳥が鳴いている。

　モナコと聞くとカジノやF1が頭に浮かぶけれど、ここは自然も美しい。太陽光を浴びながら、たっぷりと開放感が味わえる。

「素敵なお店ね」

「だろ？　ここのシーフードは、絶品なんだ。苦手なものがなければ、こっちでおすすめを注文するけど」

「魚介類は好きよ。すごく楽しみだわ」

「それはよかった」

　直樹はウェイターを呼び、メニューを見ながら幾つか注文する。流暢《りゅうちょう》なフランス語で、早紀子はびっくりしてしまう。

「フランス語も話せたんだ。すごいね」

　ウェイターが去ってから話しかけると、直樹はなんでもないように答える。

「仕事柄ね。あとスペイン語と中国語も話せるよ」

「直樹は、なんの仕事をしてるの？」

　ずっと聞きたかったけれど、躊躇《ちゅうちょ》していたこと。思い切って尋ねると、直樹は意外にもあっさりと口を開いた。

「金融ブローカーだよ。ウォール街の投資顧問会社に勤めてる」

想像よりはずっと普通の職業だった。直樹に嘘をついている様子はないし、本当にブローカーなのだろう。

直樹が纏う陰が気になっていたのだけれど、早紀子の思い過ごしだったのかもしれない。彼女は安堵して、大げさなため息をつく。

「そう、だったんだ。私も同じく金融関係よ。両親のような個人経営のお店を助けたくて、地方銀行に入社したの」

「じゃあ法人融資担当？　激務だし、女性は少ないだろ？」

直樹が少し驚いた顔をしたので、早紀子は苦笑する。

「時間外のお付き合いや、ノルマはキツいけど……。『晴れの日に傘を貸して、雨の日に取り上げる』なんて状況を変えたかったから」

お金がないからこそ借りたいのに、貸してもらえるのはお金がある人。矛盾しているけれど、キャッシュがないと融資審査は不利になってしまう。

早紀子はできる限り平等に、どんな取引先にも力を尽くしてきたけれど、結局資金目処が立たないまま廃業させてしまったケースもある。

「大きなこと言って、まだ何も変えられてないの。この仕事、私には向いてないのかもしれないわ」

早紀子が冗談めかして言うと、直樹が真っ直ぐな瞳で否定した。

「そんなことない」

直樹の表情はあまりにも真剣で、軽口をたたいてしまったことを後悔した。彼がそんなにも真っ正面から、彼女の言葉を受け取ってくれるとは思わなかったのだ。

「早紀子の思いは、きっと相手に伝わってるよ。俺が山ほど見てきた、上っ面《つら》だけ調子いい人間と、君は全然違う」

「あ、ありがとう」

お礼を言ったものの、居心地はよくなかった。直樹がまだ熱い視線をこちらに向けているからだ。

付き合い始めたばかりの頃は、史郎もそんな瞳をしていた。熱っぽく、愛おしげな、甘い眼差《まなざ》し。

まさか直樹が早紀子を、なんて思わないけれど、こんなにも見つめられると、どう反応していいかわからなくなる。

早紀子は視線をそらし、厨房のほうを見た。料理が到着すれば、この恋人同士のような雰囲気も、幾分緩和されると思ったのだ。

幸いウェイターと目が合い、すぐに料理の皿を持ってきてくれた。彼は何事か話していたが、早紀子には理解ができない。

「どうぞごゆっくり、ってさ」

直樹はもう普段通りで、「さぁ召し上がれ」と料理をすすめてくれる。

テーブルの上にはグリルしたロブスター、たっぷりのタコをトマトとチーズで和《あ》えたサラダに、牡蠣のアヒージョまである。

食欲をそそる匂いに、早紀子は堪らず手を合わせていた。

「いただきます」

まずはサラダを口に入れた。ピリ辛の味付けが、さらに食欲を刺激してくれる。

「わ、タコの歯ごたえが、全然違う」

「ここの魚介は、本当に新鮮なんだよ。ロブスターもぜひ食べてみて。しっかり身が詰まってて、旨味が濃厚だから」

豪快に手掴みで食べる直樹を見て、早紀子も彼に倣《なら》いロブスターを頬張る。歯触りといい、口の中に広がる味わいといい、未体験の美味しさだ。

「すごい、こんなの食べたことない……！」

まるで小学生みたいな感想を漏らし、早紀子は赤くなる。そんな彼女を、直樹は楽しそうに眺めて言った。

「喜んでもらえて嬉しいよ。シンプルな味付けでも、めちゃくちゃ美味くて、モナコに来たら必ず食べに来るんだ」

絶品の料理を堪能した後は、デザートが待っていた。ミルクチョコレートのケーキにパンナコッタが添えられている。

「あぁ、これも本当に美味しい」

旅費にお金を使う分、モナコで美食を堪能するなんて無理だと思っていた。

今日だって早紀子ひとりだったら、ショッピングモール内のレストランで食べるぐらいが、関の山だっただろう。

「なんだか、やっと旅をしてる実感が、湧いてきたみたい」

綺麗になったお皿を見ながら、早紀子は微笑む。

「やっと楽しもうって気になったってこと？」

「うん、直樹のおかげよ。ありがとう」

早紀子が曇りのない笑顔を向けると、直樹のほうは眉をひそめた。彼女から視線をそらし、深刻な表情でうつむいてしまう。

何かおかしなことを言っただろうか。直樹には本当に感謝しているし、ようやく彼に心を許せる気がしているのに。

早紀子は困惑してしまって、直樹の顔をそっとのぞき込む。彼は苦悶しているのか、強く下唇を噛んでいた。

「直、樹……？」

沈黙に耐え切れず呼びかけると、直樹が意を決して顔を上げた。その瞳からは早紀子への強い思慕と、救いを求めているような悲壮感が漂っていた。

何かに追い詰められた表情のまま、直樹が静かに尋ねた。

「俺が勤めてるのが、雪園会《ゆきぞのかい》系列の会社だとしても、そんな風に言ってくれる？」

雪園会――。有名な指定暴力団だ。

以前金融機関が反社会的勢力に融資して事件になったことがあり、早紀子もそういった相手に対する知識は持っている。

暴力団がフロント企業を持つのはよくあることだ。営業利益は組織に流れ、会社の運営や維持にも、積極的に関与してくる。

まさか直樹が組員だったなんて。

衝撃的な告白は、早紀子の想像を遥かに超えていた。

驚きのあまり思考が停止し、身体も硬直している。指先ひとつ動かせず、心だけが激しく揺れ動く。

「早紀子はすぐ顔に出るね」

直樹は寂しそうな顔で、クスッと笑った。

「察しの通り、だよ。俺自身は組員じゃないけど、会社は雪園会に資金提供してる。社長が組の幹部で、いわゆる経済ヤクザなんだ」

軽く言うようなことじゃない。早紀子の喉はカラカラに渇いていて、グラスの水を飲まないと声も出せなかった。

「本当に、組員じゃない、の？　知らずに入社したって、こと？」

直樹は数ヶ国語を操れるほど、優秀な男性だ。陰はあっても粗野ではなく、所作も美しい。教養も礼儀作法も持ち合わせて、幼い頃から訓練されてきたようにさえ感じられる。

わざわざ曰《いわ》く付きの企業に就職する必要なんてない。

「知ってたよ。知った上で、選んだんだ」

「どうして」

「さっき言った社長は、俺の父親なんだ」

親子、というなら、事情はわからないではない。

直樹は息子として、父親を助けたいと思ったのだろう。

しかし直樹は、両親の不和を示唆してもいた。そのことと父親が極道であることが、無関係だとは思えない。

にもかかわらず、父親と働くことを選んだ。一体直樹の背後には何があり、どんな問題を抱えているのか。

直樹の抱える闇が、より深く濃くなっていく気がした。その先へ踏み込んでいいのか、もう早紀子にはわからない。

「俺が怖い?」

早紀子は答えられなかった。本当のことを言えば、直樹を傷つける気がしたから。

黙っている早紀子を見て、直樹は視線をそらした。哀しみを湛《たた》えた瞳は、遠い水平線を見つめている。

「怖がらないで、って言っても無理だろうな。早紀子がそういう反応すること、わかってたのに誘ったんだ。……卑怯だと思う」

最初からこの話を聞かされていれば、早紀子は直樹と行動を共にすることはなかっただろう。何を言われても固辞したはずだ。

「でも誰かに、聞いて欲しかったんでしょう?」

口から出た言葉に、早紀子自身が一番ビックリしていた。傷つき苦しむ直樹を前にして、何かしなければという気持ちが先行してしまったのだ。

恐れる気持ちはあっても、突き放せない。

わずかな時間だけれど直樹と過ごして、彼に親しみを感じた。これは多分同情に近いもので、彼を見捨ててホテルに逃げ帰るなんて、とてもできなかった。

「私、話を聞くって言ったから」

早紀子は真っ直ぐ直樹を見て言った。彼は戸惑った様子で目をしばたたかせ、彼女の視線を拒むように眉根を寄せた。

「無理しなくて、いいよ」

「少しくらいなら、無理したっていいわ。今の直樹は手負いの獣みたいよ。自分だけではもう、どうしようもないんでしょう?」

直樹の瞳は潤んで見えた。彼は身体を強張らせたまま、頬を紅潮させ、震える唇をおもむろに開く。

「……後悔、するよ?」

そんな風に言われると、決心が揺らぐ。

でも直樹が助けを求めているのは事実だ。彼の苦境を知ってしまったのだから、手を差し伸べる以外の選択肢はない。

「私が先に救ってもらったのよ。カジノでもそうだし、この食事だってそう。失恋してから、食事が美味しいって思えたのは初めてだったの」

早紀子が精一杯笑ってみせると、直樹は項垂れてしまった。彼の表情は見えないが、組んだ両手は小刻みに揺れている。

「早紀子は本当に、律儀だな」

しばらくの沈黙後、直樹はかすれた声で続ける。

「このままサヨナラでも、俺は何も言えないのに」

「旅の恥はかき捨てって言うじゃない。深刻に考えず、私に吐き出してみたら？　口にするだけで、楽になることもあるわ」

早紀子が明るく言うと、直樹はようやく顔を上げた。彼女を愛おしげに見つめ、どこか吹っ切れたような表情を浮かべている。

「その言葉だけで十分だ」

「え、でも」

「早紀子に詳しい話はしたくないんだよ。法的にグレーなこともやってる会社だし、万が一にでも君に危害が及んだら困る」

直樹はゾッとすることを言ってから、すぐに優しく微笑んだ。

「俺、決めたよ。やっぱり真っ当な生き方がしたい。早紀子の正直で誠実な姿を見てると、それがいかに素晴らしいか、改めて思い知らされた」

早紀子は大したことはしていない。もし彼女が直樹に何か決断させたのだとしたら、すでに彼自身の中に答えはあったのだろう。

「会社を、辞めようと思う。早紀子のおかげで、覚悟ができたよ」

「辞めれる、の？」

普通の会社だって、退職するとなると、それなりに面倒だ。ましてや直樹が勤めるのはヤクザのフロント企業で、簡単に辞めさせてもらえるとは思えない。

「筋を通せば、多分大丈夫じゃないかな。組員じゃないし、指を詰めろとか言われることはないと思うよ」

直樹の言葉はなかなかに衝撃的だった。極道の世界の習慣が、現実に起こりうるのだと思うと、全身の毛が逆立つ。

「ずっと考えてたんだ、辞めることは」

遠い目をした直樹が、静かにつぶやいた。

「何億ドルって取引は華やかで達成感もある。でも俺が稼いだ金が、どこかの誰かを苦しめてるかもしれないと思うと、耐えられないときがあって」

ならばなぜ、入社したのだろう。知った上で、選んだのはどうして？

気にはなったけれど、早紀子が尋ねるのは違う気がした。彼女は話を聞くとは言ったが、詮索する気はないのだ。

「辞めたとして、そこから先はどうするの？」

「日本に、帰ろうと思う。母もそれを望んでるだろうし」

直樹と父親はアメリカに、母親は日本に住んでいる。

家族が離れて暮らさなければならない、複雑な事情があるのだろう。早紀子は裕福ではなくとも幸せに育ったから、直樹にかける言葉が見つからない。

「反対を押し切って父の下に行ったから、母には顔向けできなくてね。今更戻るとは、言い出せなかった」

実家どころか、日本を飛び出してしまうなんてよっぽどだ。

何か相当ショックな出来事があったのだろう。直樹が父親の下で働くことにしたのも、その辺りに理由があるのかもしれない。

「決心させてくれて、ありがとう。早紀子には感謝してる」

「そんな、私は何もしてないわ」

「俺に寄り添おうとしてくる、心根が嬉しかったんだ。胸を張って、早紀子の隣にいられる人間になりたいって思えた」

直樹の真剣な表情と、まるで告白のような言葉に戸惑う。早紀子の隣というのは、あくまで暗喩《あんゆ》で、堅気になりたいというだけのことだろうに。

「ぁ、えと、じゃあ私は、どうしたらいい？」

「今の望みは、残された早紀子との時間を楽しく過ごすことかな」

直樹はこれ以上、話をするつもりがないようだ。

早紀子が相談に乗ったところで、根本的な解決にならないのはわかる。しかしこんな中途半端な状態で、話を終えてしまうことが心苦しい。

「本当にそれで、いいの？」

「もちろん。ほかに行きたいところはある？　どこでも案内するよ」

親切で言ってくれているのだろうが、気軽に望みを口にすることはできなかった。

観光していても、直樹の抱える問題から目を背けられない。

「気持ちは嬉しいけど、直樹は楽しめるの？」

「俺が旅をするのは、これまで稼いできた金を社会に還元するためだから。早紀子がそれを手伝ってくれるなら、むしろありがたいよ」

直樹は労働の対価として賃金をもらっている。本来気に病むことではないはずだが、会社が裏でやっていることを考えると複雑なのだろう。

「じゃあ、お任せしてもいい、かな？　私と過ごしたいと言ってくれるなら、直樹が望むことをしたいから」

直樹に協力するつもりで言ったのだが、彼はひどく狼狽《ろうばい》して頬を染めた。わざとらしく咳払いして、やけにキョロキョロと視線を泳がす。

「どうかした？　やっぱりちゃんと希望を言ったほうがいい？」

早紀子が尋ねると、直樹はじっとこちらを見つめる。心を決めたのか、ひたむきな表情で言った。

「じゃあ今夜、俺と一緒に舞踏会に出てくれる？」

「舞踏会？　そんなお伽話《とぎばなし》みたいなこと」

「この国には伝統的な社交界があるんだよ。毎日のようにどこかでパーティーは行われてる。招待状だって、ほら」

直樹が高級感のある箔押《はくお》しの封筒を、胸元から幾つか取り出してみせる。

大金を運用するのは、何も組織のためだけではないのだろう。彼の顧客にはモナコ在住のセレブも大勢いるらしい。

「でも、私にはダンスなんて」

早紀子はやんわり断ろうとするが、直樹は魅力的なウインクをする。

「大丈夫、俺がエスコートするから。これまで誘いを断り続けてて、内心申し訳ないなと思ってたんだ」

「どうして、出席しなかったの？」

「パーティーはカップルでの参加が基本だからね。俺の相手役になってくれる女性がいなかったんだ」

そんなはずはない。直樹が頼めば、断る女性はいないだろう。

早紀子の考えていることがわかったのか、直樹はそっぽを向いて言った。

「俺が一緒に行きたいと思える人は、いなかったんだよ。……こういうこと、言わせないで欲しいな」

照れているのだろうか。そんな直樹が可愛らしく、舞踏会という現実離れした場所でも、彼と一緒なら楽しめるかもしれないと思う。

ただドレスコードについては心配だった。カジノで着ていたワンピースしか、早紀子は持っていないのだ。

「パーティーなら盛装よね？　ワンピースで大丈夫？」

「これからドレスを買いに行こう。早紀子はスタイルも良いし、着飾ったらさぞ美しいだろうね」

「買うだなんて、申し訳ないわ」

早紀子が難色を示すと、直樹は力強く言った。

「俺が早紀子を付き合わせてるんだから、気にする必要はない。君にプレゼントしたいんだよ、いいだろ?」

そこまで言われては断れない。早紀子は「わかったわ」と微笑むのだった。


直樹が案内してくれたのは、世界的なラグジュアリーブランドが立ち並ぶ、ショッピング通りだった。ショーウィンドーには豪華なドレスを着たマネキンが、美しくディスプレイされている。

「どこでも好きな店を選んで」

直樹は優しく言ってくれるが、その煌びやかさに尻込みしてしまう。

「私、ブランドとかよく知らなくて。私にも似合うお店なんて、あるかしら?」

「早紀子なら、どこのドレスでも着こなせるよ」

事もなげに言われ、早紀子は慌てて否定する。

「直樹は私を持ち上げすぎだわ。なんてことのない、平凡な人間なのに」

「そんなことないと思うけど……。じゃあ、あの店は？　公妃のお気に入りのブランドで、よくここのドレスを着てイベントに出席されてるよ」

高貴な方が選ばれるのだから、さぞ素晴らしい店なのだろう。しかし値段も高そうで、早紀子はためらってしまう。

「店に入ったら、絶対買わなきゃいけない、なんてことはないわよね？」

「そりゃそうだよ。気に入ったものがなければ、別の店に行けばいい」

早紀子は幾分ホッとして、直樹と共に店の中に足を踏み入れた。

「いらっしゃいませ」

上品な婦人が早紀子を迎え入れ、ゆっくりと英語で続ける。

「何かお探しですか？」

「今夜舞踏会に出席するんだ。彼女に似合いそうなドレスを、幾つか見繕ってくれる？」

直樹に言われて、婦人は早紀子をとっくりと見つめた。

「ナチュラルな美しさを持ってるのね。黒髪も綺麗だわ」

接客のプロに褒められ、早紀子は恐縮してしまう。

「ありがとう、ございます」

「あなたには、これなんてどうかしら？」

最初に婦人が選んだのは、モカブラックのロングドレスだった。透け感のある袖から素肌が見え、大人っぽいデザインだ。

「素敵……」

試着してみて、鏡に映る自分に早紀子はうっとりする。こんなに着心地がよく、上質なドレスは初めてだった。

「でしょう？　うちのドレスは、すべてハンドメイドなの。さぁ彼にも見てもらいましょうか」

直樹は早紀子の姿を見て、優しく目を細めた。

「いいね、悪くない。早紀子はどう？　気に入った？」

「ええ。でもパーティーなら、もう少し華やかさがあったほうがいいかしら？」

「そうだね。じゃあもう何着か、着てみるといい」

ワンショルダーでスリットが入った、色っぽい深紅のドレス。鮮やかなグリーンのマーメイドドレス。フレンチスリーブが可愛い、ネイビーのドレス。

五着目のドレスは、デコルテの開いたオフショルダーのタイプだった。繊細で緻密な刺繍《ししゅう》が美しい、アイボリーのロングドレスだ。

「これがいいよ。よく似合ってる」

一目見た途端、直樹が興奮気味に言った。

「そう、かな？　私もとてもいいと思うけど……」

「色白だから、明るい色を着ると、肌の透明感が増すのね。女性らしさも感じられるし、私もこのドレスが一番いいと思うわ」

ふたりのお墨付きもあり、早紀子はアイボリーのドレスに決めた。

「靴はどれがいいですか？」

「シューズは、シャンパンベージュがいいんじゃないかしら」

婦人が提案してくれたのは、バックストラップにラインストーンが施された、ヒールの高さが十センチ以上もあるものだ。

「私、歩けるかしら？　踵《かかと》の低いパンプスしか履いたことないのに」

「大丈夫だよ。俺が支えるから」

直樹に耳元でささやかれ、早紀子は真っ赤になってしまう。婦人はそんなふたりを穏やかに見つめて言った。

「このドレスとシューズなら、どんな舞踏会でも恥ずかしくないわよ」

「見立てていただき、ありがとうございます」

早紀子は深々と頭を下げ、直樹はスマートにカードで支払いを済ませた。

怖くて値段を聞けないままブティックを出ると、直樹は早紀子をメイクアップスタジオのようなところに連れてきてくれた。

ヘアとメイクのプロがいて、早紀子を瞬く間に麗しく装ってくれる。

髪をシニヨンにセットし、パーティーに合わせた華やかなメイクをすると、まるで魔法をかけられたシンデレラだ。

ゴールドのティアラやパールのイヤリングなど、アクセサリーも幾つかお借りすると、舞踏会に相応しいお姫様になったような気がする。

「すごく、綺麗だ」

いつの間にそこにいたのか、直樹が身体を壁にもたせかけてこちらを見ていた。熱っぽく蕩《とろ》けた瞳は、早紀子に心を奪われているようでもある。

「なんだか、恥ずかしいわ。私には過ぎた装いな気がして」

直樹の情熱的な視線に照れてしまって、早紀子は顔を背ける。彼は彼女に近づき、そっと肩に手を掛けた。

「全然そんなことないよ。早紀子が周りの男の目を釘付けにしそうで、連れていきたくなくなるくらいだ」

「まさか」

早紀子は笑ったけれど、直樹は真剣な瞳で彼女を見つめる。

「俺は本気だ。このまま連れ去ってしまいたいよ」

甘くささやく直樹もまた、ブラックタイを結びタキシードを着ていた。エレガントな着こなしはさすがで、彼の凜々しさが際立っている。

早紀子が高いヒールの靴を履いていても、不釣り合いにはならない。直樹の高身長と立派な体躯《たいく》だからこそで、改めて男らしい魅力に戸惑う。

「直樹こそ、パリッとして、すごく格好いいわ」

「本当に？」

ふわっと顔をほころばせた直樹は、とても幼く見えた。少年のようにあどけなく、一瞬で心を奪われる。

「ぁ、えっと、そんなことより、時間はいいの？」

早紀子はあまりにもドギマギして、話題を変えるしかなかった。直樹は残念そうにしながら、彼女の肩から手を離し腕時計を見る。

「まだ余裕はあるけど、早めに行っておこうか。バーで軽く飲みながら、開始を待つのもいいね」

直樹は早紀子に笑いかけると、彼女の手を取って歩き出す。彼がこちらの歩幅を気に掛けてくれているので、慣れない靴を履いていても安心感があった。

生まれて初めての舞踏会でも、直樹なら完璧にエスコートしてくれるだろうと信じられて、期待に胸が膨らむのだった。


パーティー会場は、モナコを代表するラグジュアリーホテルだった。

高級車がひっきりなしに横付けされ、ドレスやタキシードを着たセレブたちが降り立つ。お互いに友人同士なのか、親しげに言葉を交わし、直樹の下にも何人か挨拶《あいさつ》にやってきた。

直樹は臆することなく、ウイットに富んだ会話を繰り広げ、すぐに皆を笑顔にしてしまう。会釈するのが精一杯の早紀子は、彼のコミュニケーション能力の高さに感心し、すごい人の隣にいるのだと緊張してしまう。

「そんなに、固くならなくていいよ」

早紀子の強張った表情に気づいたのか、直樹は軽く彼女の肩を抱いた。

「皆、美食と会話を楽しみに来てるだけだから」

きっと直樹は、何度もこういうシチュエーションを経験しているのだろう。妬《や》けるよりも彼の場慣れした態度が頼もしく、触れられている部分がひどく熱い。

バーで食前酒を飲みながら待っていると、会場への案内が始まった。

中央には大胆な花のアレンジメントが鎮座し、荘厳な空間に圧倒される。直樹と共に座席に着くと、フランス語と英語が併記されたメニューが置かれていた。

「コース料理なの？」

「あぁ。ここのシェフはいつも、創意工夫を凝《こ》らした料理を出してくれるんだ。地産地消の心も忘れないから、モナコらしい料理が食べられると思うよ」

しばらくすると自然にパーティーが始まった。仰々《ぎょうぎょう》しいスピーチなどもなく、直樹の言うように堅苦しい感じはない。

ステージでは世界的なプレイヤーによるショーが行われ、スターが歌い踊っている。会場が盛り上がる最中、料理が運ばれてきた。

前菜はスズキのカルパッチョに、キャビアが添えられている。シトラス系の香り漂う白ワインとの相性は抜群だ。

「ランチとは、また全然違う美味しさだわ。シンプルだけど、繊細な味わいで」

「この日のために、練り上げられたメニューだからね。地元食材の良さが活かされてる」

スープはオマール海老のブイヤベース、魚料理にはマトウダイが選ばれ、近郊で獲れた魚介を味わい尽くせる料理ばかり。

甘酸っぱいザクロのソルベが口直しとして運ばれてきたかと思うと、お次は肉料理だった。大迫力のリブステーキにはブランド牛が使われている。

「よければ好みのお酒も頼めるよ。赤ワインなんてどう？」

料理に合わせて提案してくれているのだろう、早紀子はリストに並ぶ銘柄もわからないままうなずく。

「お願いするわ」

しばらくして、直樹がセレクトしたボトルが運ばれてきた。

フランボワーズが香る重めのワインは、肉の旨味を存分に引き立て、素晴らしいマリアージュを見せる。

「美味しい……。このステーキには、ぴったりのワインだわ」

「気に入ってもらえてよかった」

あれだけのワインの中から、相応しいものを選ぶ。

簡単なことではないと思うが、直樹は平然とやってのける。きっと彼と食事した女性たちは皆、そのスマートさに惚れ惚れしたことだろう。

ワイルドに手掴みでロブスターを食べる一方で、テーブルマナーも完璧に身についている。そのギャップにも魅了され、ワインにも直樹にも酔ってしまう。

「どうかした？」

早紀子が陶然《とうぜん》と見つめていたからか、直樹は軽く首をかしげた。彼女は恥ずかしくなって目をそらす。

「ううん、食べ方がとても綺麗だから」

「そう？　ありがとう」

微笑む口元も美しく、直樹はこういう場での所作というものを心得ている。この豪華なコース料理も、彼にとっては日常的な食事なのかと思うと、住む世界の違いというものを思い知らされてしまう。

ディナーも終盤になり、デザートが運ばれてきた。ナッツを散りばめた、濃厚なチョコレートケーキは、締めに相応しく見た目も大変美しい。

食事が終わると、ステージ前のフロアで皆が踊り始めた。軽快なダンスに見惚れていると、直樹が早紀子の手を取った。

「俺たちも踊ろう」

「え、あの、私は」

「大丈夫だから」

直樹に連れられ、早紀子はダンスフロアに立った。周囲はセレブカップルばかりで、緊張してしまう。

「肩の力を抜いて」

耳元で直樹がささやく。熱い吐息が耳をくすぐり、早紀子の頬が瞬時に火照《ほて》った。

彼の手が彼女の腰を抱き、ふたりの身体が密着する。

「俺に合わせて、身体を揺らすだけでいい。そう、上手だよ」

直樹に流されるまま、ゆっくりとターンする。とてもダンスとは言えないけれど、彼にリードされるのは心地いい。

ドンという花火の音で、早紀子は窓の外を見た。いつの間にか、夜の帳が降りている。

モナコの夜景に、色とりどりの光の芸術が浮かび上がり、その美しさに息をのんだ。

沸き立つ会場の中で、直樹が早紀子の身体を抱きしめる。

「楽しかった?」

純真な笑顔が早紀子の胸を焦がし、言葉が出ない。彼女は何度もうなずくと、彼は本当に嬉しそうにする。

「俺も、最高だったよ」

花火の光を受けて輝く直樹の顔を、早紀子は一生忘れないだろう。

今夜は本当に、特別な夜だった。


舞踏会は流れ解散で、早紀子は直樹と共に会場を出た。花火の音や振動の余韻が身体に残っていて、まだ気持ちが高揚《こうよう》している。

「ありがとう、直樹。信じられないくらい、素敵な晩だったわ」

早紀子が興奮を落ち着かせるように、胸に手を当てて微笑む。直樹はそんな彼女を優しく見つめ、大胆な言葉を口にする。

「まだ夜は終わってないよ」

極上の食事、華麗なダンス、煌びやかな花火——。

この後に続くのは、しっとりとした大人の時間だ。早紀子は甘美な予感に戸惑い、すぐには返事ができなかった。

せっかくドレスアップしたのだから、本音を言えばもう少しこのままでいたい。

でも今の早紀子はシンデレラと同じだ。十二時を過ぎたら、魔法は解ける。

これ以上直樹と一緒にいたら、彼を愛してしまう。気づかないふりをしているけれど、どんどん彼に惹かれているのだ。

明日、早紀子は日本に帰らねばならない。それは変えようのない現実だし、直樹との別れは数時間後に迫っている。

「私」

口を開きかけた早紀子の唇に、直樹は人差し指を当てた。

「俺の部屋で飲み直そう。早紀子に見せたいものがあるんだ」

あくまで無邪気な笑顔だった。言外の意味など何もなさそうで、今という時間をただ楽しんでいるように見える。

直樹にどんな思惑があったとしても、このまま帰るのは名残惜しかった。誘ってくれるなら、わずかでも彼とふたりだけの時間を過ごしたい。

「……わかったわ」

「よかった、もちろん帰りは車で送らせるから」

直樹がどこかに電話を掛けると、運転手が彼の車を回してきてくれた。後部座席に乗り込み、ふたりは目的地に向かう。

予想はしていたが、最上級の贅を尽くす、モナコでも随一の有名ホテルだった。早紀子の泊まっている部屋とは、まるでレベルが違う。

メインロビーに入れば見事な装花に迎えられ、どこからともなくアロマの香りが漂う。インテリアは重厚でありながら麗しく、世界中のセレブたちに選ばれるのもよくわかる。

「俺の部屋は最上階なんだ」

直樹が早紀子の腰に手を回した。自然でエレガントな動作は、彼が女性の扱いに慣れていることを教えてくれる。

ただ直樹の真意は、わからなかった。

身体を支えてくれているだけなのか、関係を先へ進めるという合図なのか――。

早とちりはしたくないが、肌は火照り、頬は染まる。

直樹に動揺が伝わるのを心配しながら、早紀子はエレベーターに乗った。音もなくかごが上昇し、彼女の緊張も高まっていく。

扉が開くと広い廊下が真っ直ぐに続いていた。上品に照らされた空間は、降り立った時から特別感を漂わせている。

「さぁ、どうぞ入って」

直樹が部屋の扉を開け、早紀子は静かに足を踏み入れる。

桁外れの広さ、とはこのことだ。寝室や書斎、ドレッサールームはふたつあり、浴室にはジェットバスのほかに、蒸し風呂まで備え付けられている。

国土の狭いモナコだからこそ、広い客室は凝縮された贅沢の証。最高の癒やしを提供するために、温浴施設も充実しているのだろう。

「私の暮らすアパートの、三倍はあるわ」

早紀子がつぶやくと、直樹がさっとカーテンを開いた。

窓の外は絶好のロケーションで、その迫力ある眺めは、モナコの夜景を独り占めしたかのようだ。

ダイナミックな光景に息をのむと、直樹が早紀子を見て微笑んでいる。

「この景色を、見せたかったんだ」

「なんて、美しい、の」

早紀子は窓に近づき、そっとガラスに指先を添えた。この素晴らしい光景を目にしていると、自分の存在の小ささを思い知らされる。

日本を出発するときに、早紀子は生まれ変わると誓った。

モナコに行きさえすれば何かがあると思い込んでいたけれど、それがいかに楽観的だったか今ならわかる。

もし直樹との出会いがなければ、早紀子は失意のまま日本に戻っただろう。直樹が見せてくれた、想像を絶する世界。それは早紀子のこれまでの価値観を壊し、視野を大きく広げてくれた。

失恋の悲しみなど一時的なものに過ぎない。この世はこんなにも広く、可能性に満ちているのだから。

たとえ明日、日本に戻っても、早紀子は以前の彼女とは違う。

直樹が最初に言った、絶対に後悔はさせないという言葉。あれは紛《まご》う方なき真実だった。彼は約束を守ってくれたのだ。

早紀子は振り返り、直樹を見つめて言った。

「ありがとう、直樹。私、変われたと思う。モナコに来てよかった」

感謝を込めて笑いかけるが、直樹はなぜか早紀子から目をそらす。彼女と距離を取るかのように、電話の置いてあるデスクへ向かった。

「直樹？」

早紀子が呼びかけると、彼はそれには答えずメニュー表を開いた。

「何か飲む？　ルームサービスでも取ろうか？」

気を遣ってくれるのはありがたいが、急によそよそしい気がして、早紀子の胸がきゅっと締めつけられる。

「何も、いらないわ。直樹とふたりでいられるだけで」

早紀子の答えを聞いて、直樹は眉間にしわを寄せた。精神統一するかのように、ゆっくりと目を閉じる。

「そんな風に言うなよ。勘違いする」

「勘違い？　どういうこと？」

突然の変化に戸惑いながら、早紀子は直樹に近づく。彼は目を開き、彼女を見つめ、困った笑顔を浮かべる。

「そろそろ、帰ったほうがいい」

部屋へ誘っておいて、帰宅を促す。直樹の気持ちがわからなくて、早紀子はためらいがちに尋ねた。

「……まだ夜は、終わってないんでしょう？」

直樹は困惑した様子で、項垂れてしまう。

「ごめん。俺が軽率だった」

「どうして？　この部屋からの夜景を、見せたかっただけでしょう？」

早紀子が質問するたび、直樹は返答に迷っているようだった。何かを口にしようとして、別の言葉を選んでいるみたいに見える。

「そう、なんだ。すごく気に入ってて、仕事でもプライベートでも、モナコに来るたび、この部屋に泊まってる」

「だったら、何が問題なの？」

直樹はついに早紀子に背を向けてしまった。腕を組み、苦悩するように答える。

「そこから先を、考えてなかった。部屋でふたりきりは、よくない」

早紀子が勝手に想像していた甘い官能を、直樹はほんの少しも想定していなかった。

彼の純粋さが可愛らしくて、クスッと笑ってしまう。

「なぜ、笑うんだ？」

直樹が振り返って、早紀子をなじる。彼女はまだ笑いながら、彼の手を取った。

「俺の部屋で飲み直そうなんて言われたら、普通はそういうこと考えるわ」

「だから、謝ってる。本当にそんなつもりじゃなかった」

弱り切った直樹を見ていると、彼の優しさが伝わってくる。早紀子は彼の手を離し、悪戯《いたずら》心で尋ねた。

「今、も？」

直樹はそっと手を伸ばし、早紀子の頭をくしゃっと撫でる。

「正直に言えば、昼間のレストランでも、ドキッとしたんだ。直樹の望むことをしたいなんて、言うから」

「ぇ、ぁ、ごめん、なさい」

無自覚だったのは、早紀子のほうだ。自分の大胆な発言に今更ながら、赤面してしまう。

恥ずかしくて顔も上げられなくなった早紀子を見て、直樹は彼女の頭から手を離した。受話器を取り上げ、どこかに電話をするようだ。

「わかってるよ、俺は早紀子の望まないことはしない」

直樹が数字のボタンを押しはじめた。車の手配をするつもりらしい。

「今夜は帰るといい。明日、空港に見送りに行くから」

このままサヨナラで、いいの？

早紀子は直樹に夢を見させてもらった。人生観が変わるほどの出来事を、体験させてもらった。なのに彼女は何も返していない。

「待って」

早紀子は直樹から受話器を奪い、カチャッと電話を切ってしまった。

「私まだ、今日のお礼をしてないわ」

直樹は当惑しているのか、何度かまばたきをして言った。

「俺は早紀子が、話を聞こうとしてくれただけで、満足してるよ」

「それじゃ私が納得できないの」

……本当は、少し違う。

直樹と離れたくない。少しでも長く一緒にいたかった。

けれどそんな風には言えなかった。ほんの数時間共に過ごしただけで、心が揺れ動いているなんて、言えるはずがない。

早紀子は失恋の痛手を癒やすために、ここまで来た。

それはつまり、史郎への想いを引き摺っていたからで、直樹に会って急に気持ちが変わった自分に混乱してもいた。

ただ直樹の存在に、安らぎを感じたのは間違いない。傷ついていたからこそ、彼の温かく包み込むような優しさに慰められたのだ。

でもその感情が愛だという、確信があるわけではなかった。ふたりに与えられた時間は、あまりにも短すぎるから。

ここが日本なら、早紀子はまた今度と言えただろう。来週の約束だってできただろう。本当ならもっと、ゆっくり距離を縮められたのだ。

しかし早紀子と直樹は、住んでいる国さえ違う。

もう二度と会えないのだと思うと、大胆にもなれる。いや、なるしかないのだ。このまま別れるのは、あまりにも寂しすぎるから。

自分でもらしくないとわかっている。会ったばかりの男性、それも恋人でもない人と一夜を共にするなんて、普段なら考えられない。

それでも直樹との思い出が欲しかった。この身体に刻みつけておけば、今日のこの日を忘れないでいられる。何度だって思い返し、幸せに浸れるはずだ。

「自分の言ってること、わかってる？」

直樹は幼い子どもに尋ねるような言い方をした。どこか諭《さと》すような響きは、早紀子に思いとどまらせようとしているのかもしれない。

「部屋に誘ったのは、直樹だわ」

「それは誤解で」

「本当に？」

早紀子の質問に、直樹は答えなかった。彼女の側から離れ、ソファに腰掛ける。

「こんな会話はやめよう。俺は早紀子が大事だし、先を見据えた付き合い方をしたいんだ」

直樹の言葉に、早紀子は驚く。彼が将来のことを考えているとは、露《つゆ》ほども思わなかったのだ。

「嬉しいけど、難しいと思うわ」

「わかってる。それでも俺はやり遂げたいんだ」

強い決心が感じられるのに、迎えに行くとは言わない。直樹は早紀子を束縛するつもりはないのだろう。

どれほど困難な道か、直樹はよく知っているのだ。

それでも直樹は決めた。早紀子が彼にその決意をさせたのだ。

「だったら、約束しましょう？」

早紀子は精一杯の提案をするが、直樹は首を左右に振る。

「待っててくれなんて、言えないよ」

「そんなの、ズルいわ。未来があるなら、待ちたい」

「ダメだ。俺の意志では、どうにもならないことがたくさんある。早紀子の人生を縛りたくないんだ」

直樹の優しさだとわかっていても、早紀子には納得できなかった。約束しないことが彼の誠意なのだろうが、それで彼女の心が自由でいられるわけではない。

「じゃあ、この夢に結末をつけて」

早紀子は直樹の隣に腰掛け、彼の腕に手を添えて続ける。

「一夜の恋でいいの。幸せな思い出にできるなら」

「俺は」

その後の言葉は続かなかった。直樹は葛藤しているらしく、早紀子と顔を合わせることもできない。

「思い出にしたくないんだ」

やっと絞り出した声は、追い詰められた獣の咆哮《ほうこう》みたいだった。早紀子も気持ちは同じだが、希望を残したまま別れることこそ残酷だ。

「私は区切りが欲しい。でないと直樹を、待ち続けてしまうわ」

早紀子がつぶやくと、直樹が出し抜けに彼女を抱きすくめた。

「そんなこと言うなよ。早紀子を手放せなくなるだろ」

直樹のぬくもりが伝わってきて、胸が熱くなる。彼の腕の力強さがそのまま、早紀子への想いの強さにも感じられる。

「でも明日になったら、帰るしかないわ」

「嫌だ……っ」

ようやく直樹の本心が聞けた気がした。彼は熱っぽく潤んだ瞳で、早紀子を焦がすほどにじっと見つめる。

「本当は今すぐ早紀子が欲しい」

直樹が頬に触れた。早紀子への想いが溢れ出して制御できないのか、彼の指先がわずかに震えている。

「傷心の君につけ込んでも、無責任の誹《そし》りを受けても構わない。そんな最低なことさえ考えてる」

早紀子を抱く腕に一層力が込められ、胸が苦しくなる。

これほどの愛情を抑え込んでいたのかと思うと、直樹の精神力がいかに強靱《きょうじん》か思い知らされるようだった。

「私はもう傷ついてなんてないわ。直樹が彼を忘れさせてくれたのよ。それだけで十分責任を取ってる」

早紀子は直樹の身体に腕を回し、誘うように目を閉じた。

しかし、唇に触れたのは直樹の指先だった。目を開くと彼は切ない顔でささやく。

「やっぱりひとつだけ、約束してもいいかな？」

「いい、けど……」

「唇にキスをするのは、再会したときにしよう。俺は早紀子の唇を奪うまで、絶対に死ねないから」

いつになるかわからない。でもその日を夢見て、生きていきたい。

直樹のひたむきな決心が感じられて、早紀子は微笑む。

「とても、素敵な約束だわ」

ふいに直樹が顔を近づけ、頬に口づけをした。首筋から鎖骨にかけて、舌先でじっくりと愛撫される。

「っ、ぁ」

甘い痺れが全身を駆け巡り、はしたなく身体が震える。直樹の堪《こら》え切れない愛が、舌先の挙動からも伝わってくるのだ。

「ちょ、待っ、て」

「まだ何もしてないよ」

直樹に笑われて恥ずかしくなるが、身体が驚くほど敏感になっているのだ。彼に触れられたすべてを、忘れまいとしているからかもしれない。

「わかってる、けど」

「早紀子は感じやすいね」

背中に回された直樹の手が、ドレスのファスナーを下ろした。締め付けが緩み、彼の指先が素肌に触れる。

「あの、ここ、で？」

「嫌？」

「だって」

早紀子は眼前に広がるパノラマに、視線を向けた。夜景は素晴らしいけれど、これではふたりの秘め事を見せつけているようだ。

「冗談だよ。俺も早紀子を独り占めしたい」

直樹は早紀子をふわっと抱き上げ、寝室に向かう。

「今夜だけは、俺のものになって」

ふわりとベッドに下ろされ、ふたりの視線が甘く絡み合う。ただ見つめ合っているだけで胸が苦しく、直樹に触れるため、手を上げることもできない。

「ごめんなさい、どう振る舞っていいか」

「早紀子が俺を誘ったのに？」

「誘ってなんて」

早紀子が否定しようとすると、直樹が体重を預けてきた。彼の重みと共に、激しい鼓動が伝わってくる。

「わかってるよ。紳士でいられないのは俺のほうだ。気持ちが昂《たか》ぶって、我慢できない」

直樹は早紀子の耳元に唇を寄せ、吐息も荒く尋ねた。

「ドレスがしわになるのは嫌だろ？」

「っ」

早紀子が答える前に、直樹はファスナーを最後まで下ろした。彼の手さばきは鮮やかで、驚くほどスムーズに下着姿にされてしまう。

「や……ぁ」

思わず胸を掻き抱き、足を曲げて身体を縮こめた。直樹の眼前に淫らな姿を晒していると思うと、堪らなくなってしまったのだ。

「嫌なら、やめるよ？」

直樹は狂おしいような瞳で、早紀子を見た。彼が葛藤しているのに気づいて、彼女はやっと手を伸ばす。

「違うの、少し照れくさい、だけ」

早紀子が直樹の首に腕を回すと、彼は彼女の背中に触れた。大きな手のひらが、ひたりと添えられ、指先がジリジリと背筋を這うように上《のぼ》ってくる。

「ぁ、ん」

直樹は早紀子の首筋に唇を押しつけ、甘くささやいた。

「そんな声聞かされたら、もう後戻りできないよ」

その言葉通り、直樹の指先がストラップレスブラのホックを外した。胸元に回った手は、ゆっくり外側から、ふんわりと膨らみを包み込む。

一瞬組み敷かれることを想像したけれど、直樹の手つきは繊細だった。触れるか触れないかの柔らかさで、いかに愛おしく思われているかが伝わってくる。

「優しい、のね」

「物足りない？」

「安心、したの。一夜の恋なんて、初めてだから」

直樹の指がピクンと動き、乳房を掬《すく》い上げるようにして、心臓の上に手を置いた。

早紀子の激しい鼓動が、ダイレクトに伝わってしまう。

「ドキドキ、してる……」

直樹は切なくつぶやき、早紀子の鎖骨にむしゃぶりついた。足や手の指先から、淫《いん》靡《び》な震えが駆け上がり、身体が制御できなくなる。

「ぁ、待って、て」

「ごめん、優しくしたかったけど、無理かもしれない」

がむしゃらに早紀子を抱きしめる直樹は、彼女の肌に荒々しく唇を押しつけながら、切なくつぶやく。

「自分に抗えない。こんなこと初めてだ」

ありのまま、むき出しの直樹の情熱が、早紀子自身の欲望をも自覚させる。これほど強い愛の衝動に駆られたことは一度もなかった。

直樹の真摯な想いに触れ、腕に抱かれているだけで、甘美な感覚に浸される。熱い吐息が深く交わり、愛おしさが止めどなく溢れていく。

——短い夜の間に、何度愛し合っただろう？

初めて味わう、お互いが溶け合う感覚。痺れるような快感が幾度も早紀子を襲い、悦楽に身を委《ゆだ》ねる間だけは、一夜の関係だという背徳感を忘れられた。

それでも直樹は、どこかで正気を保っていたのだろう。

意識を失いそうな愉悦の中でも、最後まで、唇へのキスはしなかったから——。

第二章　決別　～Side直樹～

「よぉ、モナコはどうだった？」

出社した直樹に近づいてきたのは、同僚のアラン・スウィフトだ。長身で眼鏡をかけた彼は、今日も鋭い眼差しでこちらを観察している。

「待ってくれ、答えなくていい。表情は明るいね、顔色も悪くない。すっかりリフレッシュできたみたいだな」

「その通りだよ、最高の旅だった。これは土産の地ビールだ」

直樹が満面の笑みで紙袋を差し出すと、アランは当惑した様子で受け取る。

「出発前とは大違いじゃないか。息抜きに旅行でもしてきたらとは言ったが、こんなにも効果があるとは……」

この仕事に迷いを持ち、心身共に限界だった直樹に、休暇を提案してくれたのはアランだった。大きなプロジェクトが一段落したときでもあり、お言葉に甘えて直樹は旅行に出ることにしたのだ。

「素晴らしい出会いがあったんだ」

「女、か？」

さすがアランは勘がいい。直樹をいい意味でライバル視して、会社への貢献度では彼と一、二を争うだけのことはある。

「まぁそんなとこだ」

直樹が適当に誤魔化すと、アランは顎に手を添えて考え込むような仕草をする。

「ふぅん？　これまで女に入れ込んだことなんて、なかったのにな。よっぽどいい女なのか？」

「俺にとってはね」

早紀子を思い出し、直樹は自然と顔をほころばせる。アランはそんな彼を見て、大きく目を開いた。

「どうやら本気らしいな。こりゃあ泣く女が大勢出るぞ。ウェイトレスにバーテンダー、それから本屋の店員だろ？　あとは」

「おいおい、人聞きの悪いこと言うなよ。俺は誰とも付き合ってない」

「わかってるよ。向こうが勝手に熱を上げてるんだ。しかし随分と幸運な女だな。一度会いたいもんだね」

アランの探るような視線を、直樹はさらっと受け流す。

「それは難しいな。まだそんな間柄じゃないんだ」

「本当か？　俺に紹介して、取られるのが怖いんだろう？」

「そんな心配はしてないよ。大体俺とアランの好みは真逆だし」

直樹が真面目に答えたので、アランは肩をすくめる。

「冗談も通じないなんて、よっぽどだ。俺もそんな女に出会ってみたいよ」

アランが大げさにため息をつくので、直樹は元気づけるように言った。

「そういやスポーツジムのトレーナーとは、どうなったんだ？　運命の相手だって、騒いでただろ？」

「彼女はダメだよ。俺以外にも山ほど男がいるのがわかった」

やけに絡んでくるのは、失恋したせいもあるらしい。直樹はアランの肩を軽く叩き、できるだけ明るい声を出す。

「女は彼女だけじゃない。また今度飲みに行こう。愚痴《ぐち》なら聞くからさ」

「ありがとう。楽しみにしてる」

アランが手を上げて去っていき、直樹は社長室の扉をノックした。返事を聞いてから、ドアを開ける。

「長く休みをいただきまして、ありがとうございました。こちらつまらないものですが、お土産です」

直樹はアランに渡したものとは違う紙袋を差し出した。父親の茂《しげる》は酒を嗜《たしな》まないので、公室御用達《ごようたし》のショコラトリーでチョコレートを買ってきたのだ。

「ありがとう、そこに置いておいてくれ」

寡黙な茂は言葉少なに答え、直樹の顔もちらりと見ただけだ。

独り身で感情を表に出さない茂は、息子だからと直樹を特別扱いしない。入社したときも、決して歓迎はしなかった。

それでも、茂と働きたかったのだ。父親の顔を知らずに育ったせいもあるのだろう。次々と大きな商談をまとめていく姿を見て、憧れを抱いてしまった。

しかし今は、若気の至りだったと後悔している。

大学出たての直樹には、結局何もわかっていなかったのだ。金か暴力が支配する極道の世界で、茂だけが潔白でいられるはずがないということを。

普段の茂が巨額を扱うエリートで、大企業の幹部からも一目置かれる有能な経営者だったとしても、彼の背後では多くの血が流れていた。入社して一年もすれば、直樹もそのことに気づいていたけれど、逃げ出すことはできなかった。

誰に強制されたわけでもなく、自分で決めて飛び込んだのだ。今更、想像と違うなんて言い訳は通用しない。

仕事自体は良くも悪くも刺激的だった。

数百億という資本を投下して株価を操作し、莫大な利益を得たこともあれば、安く手に入れた新規上場株を、高値で売り抜いたこともある。

成功した瞬間は高揚するけれど、すぐに興奮は冷めた。この利益がヤクザの資金源になり、人々を苦しめることになるのだと思うと、喜ぶことはできなかった。

ところがそういう姿勢が、仕事には有利に働いた。投資の世界では金に固執《こしつ》した者が負ける。時には非情になって損切りするから、生き残れるのだ。

直樹の評価は上がり、茂もより大きな仕事を任せてくるようになった。

本来なら幸せなことなのだ。憧れていた父親と共に仕事をし、認められ、彼の力になれるのだから。

そう自分に言い聞かせてきたけれど、ついに限界が来た。茂は臓器移植ビジネスを行う企業とも、取引しようとしていたのだ。

結果的に商談は成立しなかったようだが、そんな企業と関わり合いがあるということが衝撃だった。もちろん茂の会社に在籍している以上、綺麗事を言うつもりはない。

彼自身それなりにグレーな仕事に手を染めてきた。

ただ直樹にも許容範囲というものがある。臓器売買はそのラインを、大きく逸脱していた。ショックのあまり、その事実を知った日は早退し、自宅に帰ってから吐いてしまったくらいだ。

退職しよう、これ以上は無理だ――。

気持ちが固まりつつある中で、直樹は早紀子と出会った。真っ正直な彼女を見ていると、お日様の下で堂々と生きていきたいと、改めて思った。

早紀子となら、人生をやり直せる気がしたのだ。

しかし直樹が自ら望んで入社した以上、ただ辞表を出すだけというわけにはいかない。こういう世界に身を置くからこそ、筋は通すべきだ。

目に見える形で会社に貢献することは、退職のための最低限の礼儀だと思われた。

*

「おはよう、久しぶりね」

行きつけのカフェに入ると、笑顔のウェイトレスが近づいてきた。

三日に一度くらいのペースで来ている店だけれど、モナコから帰ってからはまだ一度も足を運んでいなかった。

「あぁ、ちょっと旅行に行ってたんだ」

「へぇ、どこに？」

「モナコだよ」

直樹の答えを聞いて、ウェイトレスは目を丸くする。

「あのセレブの国？　すごいわね」

うっとりと目を細めたウェイトレスは、冗談めかして付け加える。

「私も誘ってくれたらよかったのに。予定なら空けるわよ？」

ふとアランの言葉が思い出された。目の前の女性とは、カフェに来たときに日常会話をする程度の間柄だが、泣かせることになるのだろうか。

「ごめんね、一緒に行く相手は決まってるんだ」

直樹がはっきり伝えると、ウェイトレスの表情がにわかに曇った。眉を八の字にして、それでも口角を上げる。

「やだ、本気にしないで。言ってみただけなんだから。注文はいつもと同じブラックコーヒーと、パストラミサンドでいい？」

一気にまくし立てられ、直樹は軽くうなずいて言った。

「ぁ、あぁ、それで頼むよ」

ウェイトレスは去っていくとき、そっと目尻を擦った。思わせぶりな態度を取ったつもりはなかったが、傷つけてしまったらしい。

申し訳ない気持ちはあるけれど、直樹にはどうにもできなかった。そもそも彼は女性に対して積極的じゃないのだ。

早紀子には「声を掛けたら、大抵の女性は喜んで付き合ってくれる」なんてうそぶいたけれど、実際は滅多《めった》に声なんて掛けない。

恋愛らしい恋愛をしたことがなく、身体だけの関係と割り切っているタイプと数回付き合っただけ。今のウェイトレスのような、真剣な付き合いを望む女性に言い寄ったことは一度たりともない。

父親がいなかったから、どうしても愛というものに懐疑的だったし、女性に特別な感情を抱くことができなかった。

早紀子を誘ったときは、自分でも驚いたほどだ。普段あんな強引な真似はしないのに、彼女のことを知りたくて我慢できなかった。

本当にただ話をしたかっただけなのだ。真っ直ぐな早紀子が羨ましくて、鬱々《うつうつ》とした気持ちも、彼女と過ごせば晴れるんじゃないかと思った。

当然仕事や職場のことを、打ち明けるつもりもなかった。堅気の早紀子には、重すぎる話題だとわかっていたからだ。

にもかかわらず、早紀子に心情を吐露していた。

自分の中で燻《くすぶ》っていた想い。ずっと誰かに聞いて欲しかったのだ。

会ったばかりでも、早紀子のことは信頼できた。生き馬の目を抜くような世界にいるからこそ、彼女の誠実さに惹かれたのだ。

舞踏会に誘ったのは、早紀子を楽しませたかったから、何より彼女と少しでも長く一緒にいたかったからだ。

ほかに含むところはなかったけれど、早紀子の美しさを前にして、心が揺らいだのは事実だ。彼女のすべてを自分のものにしたいという欲望は、自覚していた。

でも同時に、許されないことだとわかってもいた。

将来を約束できないのに、愛しているなんて言えない。早紀子を想えばこそ、我慢しなければならなかった。

いつか迎えに行きたいという想いがあったから、尚更だ。安易に身体の関係を持ちたくはなかった。

結ばれてしまえば、ここで終わってしまうという恐れもあった。

しかし早紀子は区切りが欲しいと言った。きっと直樹の気持ちを見透かしていたのだ。約束はしないと言いながら、未来に期待を残していたことを。

今しかないのだと悟った瞬間、抗えなくなった。早紀子を掻き抱《いだ》いていた。唇を奪わなかったのは、せめてもの誓いだ。再会を希《こいねが》うからこその契《ちぎ》り。困難な道を進むための、勇気となってくれるものだ。

たとえ一夜でも、早紀子と過ごした時間は永遠に思えた。彼女が受け入れてくれたとき、世界はバラ色に輝いて見えた。

人並みに女性を抱いたことはあっても、あんな風に感情を揺さぶられたことはなかった。早紀子が愛おしくて堪らず、気持ちを制御できなかった。

このままふたりで、何もかも捨てて、どこか遠くで一緒に暮らそう。

何度もそう思ったけれど、喉元まで言葉が来ていたけれど、口に出すことはできなかった。

早紀子が大切だから。そんな行き当たりばったりの人生を、彼女に強《し》いるわけにはいかなかったから。

身を切り裂かれるような気持ちで、早紀子を空港まで送った。彼女は名刺をくれたけれど、これが最後になったらと思うと、恐怖で頭がおかしくなりそうだった。

でもすべては、直樹自身のせいなのだ。胸を張って早紀子にプロポーズできる、真っ当な生き方をしてこなかったから。

早紀子の人生を、なんの憂いもなく預けてもらえる男になりたい。

そのための第一歩は、今の仕事を辞めることだ。

本当は少しでも早くと焦っていたけれど、会社の皆に迷惑がかかることでもある。きっちり恩を返すまでは、退職を願い出ることはできなかった。

「おはよう、アラン」

オフィスに入ってすぐ声を掛けたが、アランは難しい顔をしたままだ。やっと直樹に気づき、こちらを見て挨拶を返す。

「あぁ、おはよう」

「どうかしたのか？」

直樹が尋ねると、アランは近づいてきて肩に左手を置いた。右手の親指を社長室に向け、「ボスが呼んでる」とささやく。

何か面倒な話だろうか。直樹は訝《いぶか》しみながら、社長室の扉をコンコンと叩いた。

「失礼します」

部屋に入ると、茂はこちらを見た。いつも無表情だから、何か思惑があるとしても直樹にはわからない。

「ご用でしょうか？」

「新しい仕事の話がある。受けるかどうかは、お前が決めて構わない」

珍しいなと思った。大抵は命じられる仕事をするだけで、こちらに選択権があることはほとんどないのだ。

「私の裁量に一任していただけると？　寛大なんですね」

茂はタバコを取り出し、火をつけた。細い紙巻きタバコを口にくわえ、すーっと息を吸ってから、白い煙を吐き出す。

「少々危険な仕事だからな」

「でも、金にはなる、ですか？」

「なるなんてもんじゃない。桁違いの額だ」

身体がゾクッと震えた。怖じ気づいているのではない、これは武者震いだ。

辞表を出すなら、大きな利益の出る仕事をやり遂げてからと考えていた。こんなに早く、その機会が巡ってくるとは――。

直樹は勇み立つ心を隠し、落ち着いて尋ねる。

「どういった、内容ですか？」

「現金を運んで欲しいらしい。それもかなりの額だ」

多額の現金なら、口座振り込みにすればいい。重い札束を移動させるより、遙かに効率的だ。それができないということは、原資の証明が難しいのだろう。

表立っては扱えない性質《たち》の金、ということだ。

「金の出所はわかってるんですか？」

「カジノの売上金だそうだ。先方は合法な金だと言ってる、一応な」

一言付け加えたのは、茂が疑っているからだ。直樹だって素直には信じられず、十中八九裏金だろうと思われる。

「現金の持ち込みに制限のない国はあるからな。要はそういう国を一旦経由させて、口座に入金したいってことだ。額が額だけに、強盗集団から狙われる可能性もあって、どこの会社も受けるのを渋ってる」

アランの表情の理由がわかった。きっと彼は断ったのだろう。直樹も断ると思っているのか、茂は気がなさそうに言った。

「無理にとは言わない。社内で検討したという、体裁が欲しかっただけだしな」

「やります」

直樹の答えが予想外だったのか、茂は目を大きく見開いた。

「本気か？」

きっと茂は最初から断らせるつもりで、この話を持ちかけたのだろう。彼は社員に無理矢理危険な取引をさせ、使い捨てにするような人間ではない。

「正直な話、あまりやらせたくないんだが」

あえて口にしたのは、茂なりの優しさだろうか。彼の気持ちはわかるが、このチャンスを逃すわけにはいかなかった。

「多少のリスクには目をつぶらないと、大きなリターンは得られませんよ。その代わり、ひとつお願いがあるんです」

言うなら今しかない。直樹はしっかりと茂の目を見て続けた。

「この仕事に成功したら、会社を辞めさせてもらえませんか？」

滅多なことでは動じない茂が、心を乱していた。タバコの灰が長くなり、足下に落ちるまで微動だにしなかったのだ。

「っ……と」

茂は動揺を隠すように、灰皿にタバコをねじ込んだ。彼はじっと直樹を見つめ、しばらく考え込んでから、ゆっくりと尋ねた。

「日本に、戻るのか？」

「はい」

迷わず答えた直樹の覚悟を、茂は肌で感じたのだろう。いつもの無表情に戻って、思いのほか淡々と答える。

「……いいだろう。最後にするなら、相応しい仕事だ」

「ありがとうございます」

深く礼をして社長室を出ると、アランが近づいてきた。直樹の肩を抱いて、ひそひそ声で話す。

「聞いたか、あの話。報酬はでかいが、あれはヤバ」

「受けることにした」

直樹の言葉に、アランはポカンと口を開きっぱなしにしている。

「なんで？　やめとけって、リスクがでかすぎる」

「わかってる。でも会社への手切れ金としちゃ、お釣りが来るくらいの額が稼げるだろ」

アランが直樹から離れた。彼が何を考えているのか悟ったらしく、信じられないという顔をしている。

「ナオキ、お前」

「この仕事が終わったら、会社を辞める」

直樹はできるだけあっさり、でも誤解を生まないようにはっきりと言った。アランはまだ納得できないらしく、オーバーリアクションで問いただす。

「どうして」

「日本でやり直したいんだ」

「同じ仕事を？　会社でも興《おこ》すのか？」

アランの問いに、直樹は首を左右に振った。

「もうグレーな仕事はやらない。キャリア的にまた金融関係になるかもしれないけど、お天道様の下で普通に生きられる職を探す」

「マジかよ？」

天を仰いだアランは、大げさに肩を落とした。

「もったいねぇ、ナオキには才能があるのに」

アランは心底残念そうに言った。彼が直樹を頼もしい仲間として、一目置いてくれているのは知っている。

ありがたいとは思っているが、直樹はもう決めたのだ。

「これからはアランが、会社を引っ張っていってくれ」

「決意は固いらしいな……。どういう心境の変化だ？」

「前から考えてはいたんだ。でもきっかけは、モナコ旅行かな」

アランはハッとして、恐る恐る尋ねる。

「まさか、その女と暮らすため？　危ない仕事は辞めてくれとでも、言われたのか？」

「彼女はそんなこと言わないよ。俺がそうしたいだけだ。彼女と一緒に平穏な日々を生きていきたいんだ」

「そこまで、惚れてるのか」

「あぁ、惚れてる」

恥じらいもせずに答えた直樹を見て、アランは諦《あきら》めたように笑った。

「スゲーな。俺もそこまで誰かを愛してみたいよ」

＊

後日、茂に現金輸送を依頼してきた男が来た。

仕立てのよいスーツに身を包み、一見したら普通のビジネスマンだ。自らカジノオーナーだと名乗り、直樹に頭を下げるほど腰が低い。

「いやー、助かりましたよ。あちこちに声を掛けたんですが、なかなか首を縦に振ってもらえなくて困ってたんです」

勘のいい人間ほど、少しでもヤバさを感じれば話に乗らない。いつもの直樹なら、多分受けなかった。

しかし今回ばかりは、危険も承知の上だ。これを最後に会社を辞められるなら、なんとしても成功させなければならない。

「こちらこそご依頼いただき、ありがとうございます。今回はチャーター機を使った輸送を予定しております」

「積み込みには時間がかかるでしょうね。警備対策はどうなっていますか?」

男は不安げな顔をしている。実際そこがネックで、どこの会社も難色を示したのだろう。直樹はその懸念も、当然想定していた。

「まずは貿易事業をメインとした、ペーパーカンパニーを作ります」

「今回のためだけに、ですか?」

男は驚くが、剣呑だからこそ、念には念を入れた準備が必要なのだ。直樹は資料を取り出し、テーブルに広げて言った。

「名目上はカードの輸出、ということで話を進めるつもりです。カジノのギフトショップでは、よく使用済みのプレイングカードが売られているでしょう?」

直樹の問いかけに男は、にやりと笑った。

「不正防止のために、しょっちゅう交換しますからね。なるほど、それはいい考えだ」

「時間はかかりますが、実際にカードを輸出して様子を見ましょう。カモフラージュしながら、何回かに分けて現金を運べば、周囲の目も欺《あざむ》けると思います」

男は手を擦り合わせ、満足そうに言った。

「いいですね。ぜひそれでお願いします」

話がまとまったところで、報酬の具体的な内容に入った。

これまで各所で断られてきたからか、男は気前がよかった。チャーター機の手配や人件費などの経費を差し引いても、年収の十倍以上の額を提示してくれる。

「ちなみに仕事が完了するのは、最終的にいつ頃になりますか?」

「はっきりとは申し上げられませんね。少なく見積もっても、半年程度はかかるのではないかと思います」

「わかりました。時間はかかってもいいのです。安全第一ですから」

余裕を持たせてくれるのは、正直ありがたかった。それだけで成功率は格段に上がる。

「では今日のところは、これで。また後日、もう少し話が進みましたら、ご連絡させていただきます」

「よろしくお願いします」

ふたりはしっかりと手を握り、男はゆったりとした足取りで帰っていった。直樹は彼を見送ると、時間を惜しむように仕事を始めたのだった。

*

依頼を受けてから、半年が経過していた。

直樹はこの案件に掛かりきりで、ペーパーカンパニーの設立後も、人材集めに奔走《ほんそう》していた。計画を成功させるには、信頼の置ける人間を集められるかどうかが肝だからだ。

航空会社も幾つか検討し、ここならという会社を選んだ。すでにテスト輸送は済ませており、いよいよ本番の現金輸送が明日始まる。

直樹も同行することになっており、カジノオーナーは近くにホテルを取ってくれていた。

「酒も女もご用意させていただきました。今夜は存分に楽しんでください」

オーナーはニコニコしているが、直樹は丁重に固辞する。

「いえ、今日のところは早く休みます。英気を養っておきたいので」

「そう、ですか？　少しくらい羽目を外されても」

「ここまで準備して、明日は二日酔いというわけにはいきませんから」

直樹の意志が固いのを知って、オーナーは残念そうにうなずく。

「わかりました。ではごゆっくりなさってください」

「ありがとうございます」

軽く礼をして、直樹は部屋に入った。ベッドに腰掛け、フゥとため息を漏らす。

ここまで来るのは大変だった。日本に戻り、早紀子に再会するという目標がなければ、達成できなかっただろう。

もちろんまだ仕事は終わっていないが、考え得る限り万全の準備はしたのだ。ここから先は細心の注意を払い、粛々《しゅくしゅく》と作業を行うだけ。

そういう意味では、やるべきことはほぼ終わったと言っていい。でも酒はともかく、女を受け入れるわけにはいかなかった。

直樹は早紀子を抱いてから、どんな女性にも指一本触れていない。彼女と再会するまで、貞節を守ろうと思ったのだ。

早く、早紀子に会いたい――。

その一心で頑張ってきた。今はすべてが無事に終わることを祈るしかなかった。


「お疲れ」

数日かけて飛行機で往復し、ようやく現金輸送が完了した。疲れ切ってオフィスに戻った直樹を、なぜか茂が迎えてくれた。

こんなことは初めてで、直樹が戸惑っていると、社長室へと招き入れてくれる。彼を待っていたのは、ボトルワインとふたつのグラスだ。

「これ、は？」

「退職祝いだ」

茂は普段アルコールは口にしない。数百万円はくだらない高級ワインを用意したのは、別れの杯のつもりなのだろう。

父親のらしくない態度に困惑していると、茂がグラスを渡してくれる。

茂は直樹のグラスにワインを注《そそ》ぎ、自身のグラスにもワインを満たして、ふたつのグラスをキンと合わせた。

「乾杯」

茂はなかなかの飲みっぷりだった。下戸《げこ》なのではなく、自分の意志で飲まなかったのだろう。

父親の何も、自分は知らないのだなと、直樹は思った。

茂を追ってアメリカまで来た。彼の下で一緒に仕事をして、会社の利益に貢献し、でもわかり合うことはできなかった。

母親の玲奈《れいな》には、こうなることが予想できていたのかもしれない。

直樹はただ父親というものの影を、追いかけていただけだった。理想の父親像を茂に重ねて、勝手に憧れ、勝手に失望したのだ。

茂が直樹に会いに来ることなく、離れて暮らしてきたのには、きっと理由があったのに。

直樹はやはり、若かったのだと思う。

何不自由なく暮らし、まだ社会にも出ていなかったから、直樹にはわからなかった。それぞれの守るべき立場と、宿命とも言える生い立ちを。

「なぜ退職するか、理由を聞いても?」

沈黙を破ったのは茂だった。直樹は答えるのをためらったが、嘘をついても仕方ないと思い正直に話す。

「……臓器移植ビジネスに関わる企業との、打ち合わせ書類を見たんです」

茂が何か言い出す前に、直樹は深く頭を下げた。

「申し訳、ありませんでした」

無断で書類を見たこともそうだが、何よりも自分の認識が甘かったことを謝罪したかった。

茂は「そうか」と言っただけだった。

あまりに淡泊だったので、少し拍子抜けしてしまう。もっと何かあると思っていたのだ。弁明なり言い訳なりして、直樹の理解を得ようとするだろう、と。

でも、そうしなかったからこそ、直樹は気づいてしまった。

きっと茂にとっては、ありふれたことなのだ。数ある仕事のうちのひとつで、それは残酷でも無慈悲でもない。

もしかしたら直樹はずっと、茂に守られてきたのかもしれない。

裏社会にまつわる様々なことを、茂が引き受けてくれていたからこそ、こんなにあっさり退職することもできるのだろう。

「達者で、な」

空になったグラスをデスクに置き、茂は初めて父親らしいことを言った。直樹が驚いて立ち尽くしていると、さらにびっくりすることを言う。

「玲奈に、よろしく言っておいてくれ」

直樹がこちらに来てから、茂は一切母親について口にしなかった。もう彼女のことなど、気に掛けていないのだろうと思っていたのに。

きっとそれもまた、直樹の誤解だったのだろう。

直樹は本当に何もわかっていない。茂が抱える仕事の非情さも、父親がごく普通の生き方を手放した、その意味も。

「はい」

きっぱりと答えた直樹は、茂と同様にグラスのワインを飲み干した。

これは決別の一杯だったかもしれないが、父子が気持ちを通わせた、最初で最後の宴席だった。

＊

早紀子との出会いから、すでに半年以上経っていた。

あれから一度も連絡は取っておらず、早紀子が今どうしているのか、直樹をまだ覚えてくれているのかもわからない。

あの夜、ふたりは結ばれたけれど、想いを確認し合ったわけではない。

愛しているという言葉さえ、直樹は口にしなかった。

それは直樹が自分で選んだことだ。早紀子を未来のない愛で縛らないために。

幸い半年強で目処が立ったが、これが五年後、十年後になっていた可能性は全然あった。あのときの直樹の判断が、間違っていたとは思わない。

でも、苦しかった。早紀子に愛を告げられないことが。彼女に待っていて欲しいと言えないことを。

早紀子しかいないと確信していたのに。

直樹にとって早紀子はただひとりの女性だ。彼女以外と添い遂げることはない。自身にそう誓えるほど、彼女に心を奪われていた。

早紀子は堅気の世界で生きながら、直樹に手を差し伸べてくれたのだ。彼女は彼を理解しようとしてくれた。

そんな女性はもう二度と、直樹の前には現れないだろう。

だからこそ決心できたし、こうして日本に戻るところまで来た。もうふたりの間を隔てるものはなく、早紀子をこの胸に抱くことだってできる。

しかし今になって、少し怖くなってもいた。

早紀子は一夜の恋だと言った。それを覆《くつがえ》すこと、彼女を迎えに行くことは、直樹の悲願ではあっても、彼女が望んでいることではないかもしれない。

直樹の気持ちはあの日、空港で別れたときのままだ。

無理して笑顔を作っていたけれど、内心では胸が張り裂けそうだった。

先のことなんてどうでもいい。早紀子を行かせたくない。自分本位な欲望で、頭の中はぐちゃぐちゃだった。

でも早紀子がそんな直樹の、身勝手な愛に縛られる必要なんてないのだ。

手酷い失恋から立ち直れたなら、次の恋に進んだっていい。そうでなくても、周囲が早紀子を放っておくはずがないのだから——。

ハァとため息をついてソファに寝転がると、アパートのチャイムが鳴った。誰かが訪ねてくることなんてほとんどないから、直樹は不思議に思う。

「やぁ、引っ越し作業は進んでるか?」

扉の前に立っていたのは、アランだった。直樹は顔をほころばせ、家の中に招き入れる。

「来るなら来ると、言ってくれよ。酒でも用意しといたのに」

「ナオキが気を遣うと思って、言わなかったんだよ。それに酒もつまみも買ってきた」

アランは持ってきた紙袋をテーブルに置き、ビールの小瓶やチーズスティック、ビーフジャーキーを取り出す。

「こんなに悪いな」

「いいさ。ナオキが初めてこっちに来て、一緒に探したこの部屋で、お別れ会をしたかったんだよ」

感慨深げにアランが言うので、直樹もしんみりとした気持ちになる。アメリカでの五年間、ふたりはずっと気のいい友人同士だったのだ。

アランは勝手知ったるキッチンで栓抜きを取り出し、さっそくビールに口を付けた。ビーフジャーキーをかじりながら、ソファにもたれかかる。

「それで日本で住む場所は、決まってるのか？」

「しばらくは、ホテル暮らしをするつもりだ」

「実家に部屋はないのか？　久しぶりに息子が帰ってきたら、歓迎してくれると思うけど」

それはわかっていたが、反対を押し切って渡米したのは直樹だ。今更申し訳なくて、のこのこ戻るわけにはいかなかった。

「いろいろあってな。落ち着いたら挨拶に行くつもりだ」

「ふぅん？　まぁいいさ。俺が聞きたいのは、女の話だ。連絡は取ってるのか？」

「いや」

直樹が否定したので、アランは驚いた様子で身体を起こした。

「どういうことだ？　いずれは一緒に暮らすつもりなんだろう？」

「俺はそのつもりだけど、彼女に了解を取ったわけじゃない。日本に戻ることも、彼女は知らないしね」

「……信じられん。よくそれで会社を辞められるな。ほかに男ができてたら、どうするつもりだよ？」

「そのときは、そのときだ」

直樹が強がりを言うと、アランは口元に手を添え、まじまじとこちらを見つめる。

「らしくないな。らしくないけど、恋してるんだろうなと思うよ。正直ちょっと、羨ましい」

「無謀だとは、言わないんだな」

「思ってはいるよ。でもそこまで人を愛せるって、格好いいからさ」

アランはニコッと笑って続ける。

「まぁ恋に破れて帰ってきても、俺は全然構わないぜ。何かあったら、いつでも言ってくれ」

「ありがとう」

直樹は礼を言い、彼もまたビール瓶の栓を抜いたのだった。

第三章　予期せぬ再会

「やぁ、久しぶり」

早紀子に会いたいというお客様がいると言われ、窓口のあるロビーに向かうと、ソファに座っていたのは直樹だった。

驚きすぎて、口が開いても声が出ない。

本当に本人、だろうか？

疑ってはみるものの、どこからどう見ても直樹に違いなかった。

その長いまつげも、高い鼻梁《びりょう》も、美しい形の唇も。

顔を合わせるのは七、八ヶ月ぶりだと思うが、昨日も会ったかのように鮮明に覚えている。直樹と別れて以降、彼を思い出さない日はなかったから。

会いたかった。でもそれは望みすぎだと思っていた。

すべてが幻だったと言われても信じられるほど、極上の夢だったのだ。

思い出だけでも生きていける、アバンチュールで十分だ、と何度も自分に言い聞かせてきた。なのに――。

こうして直樹を目の前にすると、秘めていた感情が溢れ出す。

視界が滲《にじ》み、気を抜くと、再会の喜びで涙が零《こぼ》れそうだ。いかに自分が直樹を求めていたか、まざまざと思い知らされる。

直樹と視線を交わすだけで、濃密なひとときが蘇り、身体の奥が熱く疼く。

今すぐ彼の胸に飛び込みたい。その力強い腕で抱きしめて欲しい。言葉では言い表せない衝動が、早紀子の理性を突き崩そうとしてくる。

だが今は、ダメだ。

早紀子は仕事中で、直樹はお客様。彼女は必死で冷静さを取り戻し、改めて彼の全身に目を走らせる。

初めて会ったときよりは大人しい、ダークグレーのスーツ。それでも直樹が持つ、艶《あで》やかなオーラは隠し切れない。あまりにも麗しいその姿は、周囲の目を釘付けにしており、早紀子にも好奇の視線は集まっている。

居心地が悪いなんてものではないが、直樹の表情は明るかった。

最後別れるときに見せた、耐えがたいほどの苦痛はそこになく、どこか吹っ切れたようにも見える。

日本でやり直すという、直樹の望みが実現できたのだろうか？

もしそうなら、こんなに喜ばしいことはない。直樹は長い間、自分の身の置き場を探して、もがき苦しんできたのだから。

しかしこの状況では、それを祝うことはできなかった。早紀子の一挙手一投足に注目が集まっている気がして、直樹に微笑みかけることさえ尻込みしてしまう。

「本日、は、どういったご用件でしょうか？」

なんとかそれだけ口にすると、直樹はソファから立ち上がった。

「まずは再会の握手をして欲しいな」

手を差し出されても、その手を握ることはできない。早紀子のためらいは伝わっているはずだが、直樹はものともせず彼女の手を両手で強く握る。

しなやかな手に掴まれると、あの蕩けるような夜がフラッシュバックした。

その指先がどれほど愛おしく、優しく、早紀子に触れたか。

思い出すだけで胸が高鳴り、甘い痺れが繋がれた手から這い上がってくる。周囲にたくさん人がいることなど、忘れてしまうほどだ。

「ふたりで話せる場所に、案内してもらえるかな？」

直樹が手を離し、早紀子は現実に引き戻された。

「ど、どうぞ、こちらへ」

できるだけ平静を装ったつもりだが、声は上擦《うえず》っている。早紀子が先に立って歩き出すと、幸い直樹は素直に従ってくれた。

打ち合わせ用の個室に案内して扉を閉めた途端、直樹が早紀子を壁に押しつけた。頤《おとがい》を掴まれ、ふたりの視線が密やかに絡まる。

「な、何？」

「約束、覚えてないの？」

直樹の顔が近づいてきて、お互いの唇が触れた。と思った瞬間、結んだ唇をこじ開けられ、舌先が差し込まれる。

このキスを、待ち望んでいた。

言葉にしなくても、直樹の気持ちが痛いほど伝わってくる。ここまで激しく貪るような口づけは、経験したことがない。

唇の柔らかさよりも、しなやかな舌よりも、直樹の凄まじい情熱が、早紀子を感じさせ、甘く溶かしていく。

「っ、ぁ」

意図せず、淫らな吐息が漏れた。直樹はその嬌声《きょうせい》に応えるように、一層過激に早紀子の紅唇を貪る。

こんなこと、いけない――。

頭ではわかっているのに、身体が言うことをきかなかった。直樹に翻弄され、乱され、心地好いと感じてしまう。

「早紀子……会いたかった……」

まるでひとりごとのようなつぶやきだった。早紀子に伝えるというより、感極まって心の声が零れ出てしまったような。

あまりにも切なく、狂おしいような響きに胸が震える。

早紀子だって、会いたかった。でも実現するとは思っていなかった。最初から諦めていたし、直樹に会うためにできることなど、何もないと思っていた。

しかし直樹は違ったのだ。

別れてから半年以上経っても、ずっと早紀子を思い続けてくれていた。この再会のために、あらゆる手を尽くしてくれたのだ。

ようやくその願いが叶ったのだと思うと、早紀子に拒むことなどできなかった。今この瞬間を、彼女だって待ち望んでいたのだから。

「直、樹……」

早紀子のかすかな声を聞き、直樹は腰に左腕を回してきた。右手は触れるか触れないかというくらいそっと、彼女の胸元に置く。

「ぁ……」

ビクンと身体が反応してしまい、直樹の右手は柔らかい胸に沈み込む。

「ゃ、ダメ」

「可愛く震えて。感じてる?」

直樹の手に力が込められ、甘い痺れが全身を駆け巡る。ここがホテルの一室なら、早紀子もまた彼の首に腕を回していただろう。

しかし今は流されている場合ではない。ここは職場で、一歩扉の外に出れば、皆自分の職務に励んでいるのだ。

「やめ、て。話が、あるんでしょう?」

早紀子は必死で直樹の胸板を押した。彼は名残惜しそうに彼女を離し、まだ熱い眼差しでこちらを見ている。

誘うような視線に晒されていると、身体の奥が密やかに疼く。直樹を求める気持ちが込み上げ、意識が遠くなりそうだ。

「とにかく、どうぞ、座って」

早紀子は直樹に椅子をすすめ、自分も向かいに腰掛けた。親密な空気を振り払いたくて、矢継ぎ早に質問を繰り出す。

「どうして、ここに？　仕事は？」

「ひとつ目の答えは、会いたかったから。ふたつ目は辞めてきた。これからは日本で、早紀子と一緒に暮らしたい」

ビックリ、した。まるでプロポーズみたいな言葉だったからだ。

早紀子は胸に手を置き、静かに深呼吸して言った。

「ちょっと待って、ね？　急に一緒に暮らすだなんて。私の部屋は狭くて、とてもふたり暮らしはできないわ」

直樹は早紀子の言葉を聞いて、ハハハと笑い出す。

「早紀子の家に転がり込もうとは思ってないよ。しばらくはホテル暮らしをするつもりだ」

「そう、なんだ」

早紀子は少しホッとしたものの、直樹がこちらで生活していけるのか心配になる。

「でも仕事は辞めたんでしょう？　ホテル暮らしって、お金がかかるんじゃ」

「大丈夫、数ヶ月ホテル暮らしするくらいの余裕はあるよ。次の就職先もなんとかなると思う」

早紀子の懸念に、直樹は動じた様子もない。

モナコであれだけ豪遊できるくらいだから、お金にゆとりはあるのだろう。語学も堪能で優秀な直樹なら、仕事だって探せば幾らでも見つかるのかもしれない。

「だったら、いいんだけど」

「そんなことより、早紀子は俺に会いたかった？」

ストレートな質問だった。直樹にとっては今後の生活よりも、早紀子の気持ちのほうがずっと重要なのだろう。

「会いたかった、わ。でも会いに来てくれるとは、思ってなかった」

「名刺、くれたのに？」

「あれは、思い出になればいいなと思って」

直樹はちょっと拗《す》ねたような表情で、早紀子から顔を背ける。

「俺って、信用されてないんだな」

「約束はできないって言ったから。期待したくなかったの」

早紀子が苦笑いして言うと、直樹はハッとした顔で謝罪する。

「ごめん、俺がもっと、断固とした態度を取れてれば」

「違うの。私はそれで良かったの。夢のまま終わってもいいと思うくらい、幸せだったから」

　しっかり口角を上げて、笑顔で答えると、直樹は突然早紀子の手を取った。彼は戸惑う彼女を真剣な顔で見つめている。

「これは夢の続きだよ」

「え、あの」

「俺と結婚して欲しい」

　思わず息をのんだ。早紀子は直樹の顔をまじまじと見つめるが、彼の瞳は真っ直ぐで冗談を言ったようには見えない。

　これは誤解のしようもない、本気のプロポーズなのだ。

「ぁ、えっと」

　早紀子は直樹を愛している。あの夜は確かにそう思えたし、今こうして再会して、気持ちは変わってないと確信できた。

　しかし結婚は一生のことだ。今ここですぐに答えは出せない。まだほとんど直樹を知らないのに、人生を委ねていいのかわからないのだ。

「急に、言われても」

「だろうね」

直樹は思いのほか、あっさりと相づちを打つ。早紀子は拍子抜けしてしまうが、彼は彼女がすぐに返事できないことを、ちゃんと考慮に入れていたようだった。

「今日明日に結婚できるとは、俺も思ってないよ。まずは母親に紹介して、職を探して、ふたりの新居も」

「ちょ、勝手に話を進めないで。私まだ結婚するとは」

「してくれるだろ？　それともほかに候補者がいるのか？」

さっきまで自信満々だった直樹が、急に怯えた顔をした。その表情があんまり深刻だったので、早紀子はくすっと笑ってしまう。

「そんな人、いないわ」

「本当に？」

「まだ半年くらいしか経ってないのに、直樹のこと、忘れられるわけないでしょう？」

直樹がパッと顔をほころばせた。喜びが全身から溢れ出ていて、見ているこちらが恥ずかしくなる。

「期待したくないって言いながら、早紀子も俺のこと、思ってくれてたんだ？」

「べ、別に、そういうわけじゃ、ないけど」

早紀子は否定するが、直樹は心底安堵したようだった。

「よかった。早紀子と別れてから、ずっと君のことばかり考えてた。不誠実でも、待っててくれって言えば良かったたって、何度も後悔したよ」

「直樹が思うほど、私に魅力はないわ。真面目だけが取り柄の、地味な女だもの。結婚直前で振られるくらいだし」

早紀子が自虐的に笑うと、直樹は少しも笑わずに言った。

「自分のことが一番わからないって、本当なんだな。早紀子は最高の女性だよ。世間の男に見る目がないだけだ」

全《まった》く照れのない直樹の表情に、早紀子のほうが照れてしまう。

「……お世辞でも、嬉しいわ」

「お世辞じゃないよ。まぁでも早紀子の魅力を知ってるのは、俺だけでいい。まだ結婚までしばらくかかるからね」

「私はまだOKしたわけじゃないわ」

「わかってるよ。とりあえず、今夜一緒にディナーでもどう？　滞在先のホテルに、いい日本料理店があるんだ」

ホテルの名前を聞いて、早紀子はビックリする。

昨今はホテルの長期滞在も珍しくないが、日本を代表する超高級ホテルとなると話は別だ。当面の生活に困っていないのは本当らしい。

「今夜はちょっと。打ち合わせが入ってるの」

嘘ではない。ただ少し無理をすれば、行けないこともなかった。久しぶりなのだし、直樹との食事を優先するという選択肢もある。

しかし終業後、友達や同僚と飲みに行くのとは違うのだ。場所が場所だし、心の準備もしたい。

「明日は？」

直樹はすぐさま尋ねた。早紀子が都合のいい日を言うまで問い続けそうだ。彼女は彼の勢いに押されるようにうなずく。

「明日なら、大丈夫だけど」

「わかった。仕事の邪魔して悪かったね」

にこっと笑う直樹を見て、自覚はあったのだとわかる。早紀子はこっそりため息をついて、手近のメモに連絡先を走り書きした。

「もう会社には来ないで。用事があるときはメールでも電話でも、連絡してきてくれて構わないから」

「ありがとう。明日楽しみにしてる」

直樹は宝物のようにメモを受け取り、大事そうに胸ポケットにしまったのだった。

＊

昨日は突然直樹が訪ねてきて、大騒ぎの大慌てだった。

でも本当に大変だったのは、直樹が帰った後だ。彼は顧客の振りをしたつもりかもしれないが、自分がどれだけ煌びやかで目立つ存在かわかっていない。

皆からは質問攻めに遭い、ほかの仕事にもしわ寄せが行って、結局残業する羽目になってしまった。

その結果、今朝は睡眠不足で化粧のりもよくない。ふたりきりで食事をするのは久しぶりだというのに……。鬱々とした気持ちでオフィスに入ると、なぜか史郎が近づいてきた。

「高良さん、ちょっと」

「え、あの」

急に腕を掴まれ、給湯室に連れていかれる。早紀子は史郎の腕を振り払い、睨《にら》みつけて言った。

「なんのご用でしょうか？」

「昨日会社に来た男、誰なんだよ」

それこそ皆から何度もされた質問だ。史郎は直行直帰だったから、今日初めて昨日の顛末《てんまつ》を知ったのだろう。

だとしても、史郎に詮索される謂《いわ》れはない。自身の結婚が決まってから、彼は徹底的に早紀子を無視していたのだ。

早紀子は腰に手を当て、眉間にしわを寄せて言った。

「新山さんには、関係ありませんよね？」

「俺はただ心配して」

「心配？　何をですか？」

「だって皆、噂してるぞ。ストーカーされてるとか、詐欺に遭ってるとか」

早紀子は頭が痛くなってきて、こめかみを押さえた。確かに早紀子は詳しく説明しなかったが、想像力がたくましすぎる。

「私、皆にどう思われてるのかしら」

「気に掛けてくれてるだけだろ、これまで浮いた噂とかなかったから」

それを史郎が言うのかと思うと、笑ってしまう。早紀子との社内恋愛を、殊更《ことさら》秘密にしようとしてきたのは彼だというのに。

「面白がってるだけでしょう？　とにかく心配していただくようなことは、何もありません。もう会社には来ないと思いますし」

「会社には、ってことは、また会うつもりなのか？」

史郎が馴《な》れ馴《な》れしく肩を掴もうとしたので、すっと横によけた。

「だったらなんだっていうんです？」

「やめとけよ。会社に押しかけてくるなんて、普通じゃない」

「いろいろ事情があるんです。私のことは放っておいてください。新山さんはご自分の結婚のことだけ、考えていらっしゃったらどうですか？」

早紀子がきっぱりと言い、給湯室を出ようとすると、史郎が行く手を阻《はば》む。

「失恋で傷ついてるところに、つけ込まれてるんじゃないのか？」

「誰が傷つけたと思ってるのよ！」

思わずカッとなって、早紀子は叫んでいた。あまりに大きなお世話だし、親切面しているのが余計に腹が立つ。

「いい加減にしてください。迷惑です」

呆気にとられる史郎をおいて、早紀子は今度こそ給湯室を出た。

これまで史郎に声を荒らげたことなんてなかったから、驚いたのだろう。別れ話をされたときでさえ、早紀子は黙ってうつむいていただけだった。

思っていることをきちんと口に出せたのは、きっと直樹のおかげだ。彼との出会いがあったから、史郎にも毅然《きぜん》とした態度が取れた。

直樹には感謝しているけれど、今夜のことを考えると少し気が重い。

早紀子が万全の状態でないこともあるが、直樹のプロポーズも少なからず影響している。彼は彼女が答えを出すのを急《せ》かしはしないだろうけれど、いつまでも保留にしておくわけにもいかない。

もちろん結婚を申し込まれて、嬉しくないわけではないのだ。

ただ直樹との出会いが、過ごした時間が、あまりにも現実離れしすぎていて、彼と普通の日々を過ごしていけるか不安なのだ。

早紀子は直樹自身のことも、まだほとんど知らない。知りたいくせに、知ることをためらう自分もいるのだ。どこかでまだ、彼の前職を気にしているのかもしれない。退職したのだから、もう過去は関係ない。問題がクリアになったからこそ、直樹は日本に戻り、早紀子に会いに来てくれたのだ。

そんなことわかり切っているのに、怯えを払拭できていない。直樹を愛し、信じたいからこそ、小さな恐れを抱いていることに罪悪感があるのだった。

早紀子は仕事を終え、直樹と待ち合わせているホテルに向かった。

入念に化粧直しをして、なんとか直樹の前に出られるようにはなったが、着ているのは普段と変わらない通勤着だ。

少しは良いものを着ようかとも考えたけれど、ちょっと背伸びをしたところで、モナコでの特別感には及ばない。

それならいっそ、いつもの自分を見てもらおうと思ったのだ。

「ごめんなさい、待たせちゃった？」

ロビーのソファに腰掛ける直樹を見つけ、早紀子は小走りで近づく。

「いや、待ってないよ」

直樹はにっこり笑ってから、早紀子の背後に視線を移す。

「招かれざるお客様も、来ているみたいだけど」

早紀子は怪訝《けげん》な顔で振り返り、驚きの声を上げる。

「新山さん！　どうしてここに」

「後をつけたんだよ」

全然気がつかなかった。今朝もそうだが、史郎の態度には嫌悪感を通り越して、恐怖すら感じる。

「私が終業後に誰と会おうと、自由だと思いますけど」

「早紀子がおかしな男に騙《だま》されそうになってるのを、黙って見過ごせるか」

「おかしな男って、新山さんのほうがよっぽどおかしいですよ。自分が何をしてるかわかってるんですか？」

言い争いをするふたりを見ながら、直樹は落ち着いて言った。

「まぁまぁ、おふたりともソファに掛けたらどうです？　ホテルのロビーで騒ぐのは、あまり感心しませんね」

史郎の前だからか、非常に丁寧な物言いだ。周囲を見渡すと確かに注目を集めており、ふたりは真っ赤になって腰掛ける。

「ごめんなさい」「悪かったよ」

直樹はふたりを代わる代わる見てから、史郎に向かって尋ねた。

「それで、あなたはどなたですか？」

「俺は、新山史郎。彼女の、先輩だ」

さすがに元カレと言うのは気が引けたらしい。でも直樹にはピンと来たようで、意味深な笑みを浮かべる。

「あぁ、あなたが早紀子を振った方ですか」

史郎が「っぐ」と答えに詰まり、直樹は真顔で尋ねる。

「どうして今更、早紀子につきまとうんです？」

「つきまとってなんか。俺はただ心配で」

「心配？」

直樹が唐突に笑い出した。史郎は露骨に顰《しか》め面をするが、直樹は気にもとめずに話しはじめる。

「早紀子の話では、もうすぐご結婚されるんでしょう？　別れた相手の動向を、気になさる必要はないと思いますが」

何も言えなくなった史郎に向かって、直樹は朗《ほが》らかに続ける。

「自ら別れを告げておいて、まだ未練でもあるんですか？」

「俺は、早紀子が嫌いで別れたわけじゃない」

早紀子を手酷く振っておきながら、よくそんなことが言えたものだ。将来性を考えて、取引先の社長令嬢を選んだくせに。

それでも振られた直後なら、よろめいていたかもしれない。

史郎のことを愛していたし、すぐには気持ちを切り替えられなかった。彼の白々しい台詞にも縋っていただろう。

「だから、なんです？　早紀子を心配して見せて、キープしておこうとでも？」

「馬鹿な！　俺はそんなつもりじゃない！」

若干食い気味に、史郎が言った。必要以上に強く否定するのは、直樹の言葉が図星だからだろうか。

「ほかに理由は考えられませんけどね。情に厚い早紀子を利用して、愛人にでもするつもりだったんじゃないですか？」

史郎は答えない。ただ怒りに震え、腹立たしげに直樹を睨みつけているだけだ。

「僕はあなたと違って、早紀子を正式な妻にするつもりです」

直樹はおもむろに胸元を探り、ベルベットの小さな箱を取り出した。コトッとテーブルに置くと、早紀子を見つめる。

「開けてみて」

早紀子は戸惑いながら箱を取り上げ、そっと蓋を開けた。中には大粒の、目映《まばゆ》いばかりのダイヤモンドリングが収まっていた。

「これ……」

「本当はこんな形で渡したくなかったんだけどね。僕が早紀子を幸せにできると、彼に証明して見せたかったから」

史郎はダイヤモンドの指輪を目にしてから、悔しそうに立ち上がった。

ありとあらゆる点で、直樹には到底敵《かな》わないとわかったからだろう。こちらを振り返りもせず、すごすごと来た道を戻っていく。

「すまない。少し、熱くなってしまった」

史郎の姿が完全に去ってから、直樹は恥ずかしそうに顔を背ける。

「俺の知らない早紀子を、彼が知っていると思うとね」

「嫉妬したってこと？」

早紀子が尋ねると、直樹はうつむいたまま首肯《しゅこう》する。その仕草が可愛らしくて、彼女は微笑んだ。

「正直に言わなくてもいいのに。直樹は格好よかったわ。キッパリ言ってくれて、嬉しかった」

直樹は顔を上げると、真っ直ぐこちらを見て言った。

「早紀子には全部知っておいて欲しいんだ。俺の綺麗なだけじゃない感情も」

プロポーズに通ずるような決意表明に、今度は早紀子が直樹の顔を見られなくなってしまう。

「ぁ、えっと、でも、嫉妬なんて、する必要ないわ。もう気持ちは全くないし、さすがに愛人になれと持ちかけてくるとも思えないし」

「そうかな？　彼のほうは、まだ未練があると思うけどね」

「こっぴどく振っておいて？」

「早紀子はいつまでも自分を愛し続けてくれると、自惚《うぬぼ》れてたんじゃないかな。たとえ結婚してからも、夫婦生活がうまくいっていないとでも言えば、君を思い通りに操れると思っていたのかもしれない」

直樹の言葉を否定したかったけれど、ストーカーまがいのことまでした史郎だ。可能性はあった気がする。

早紀子だって直樹に会わなければ、史郎を拒絶できたかどうかはわからない。都合のいい言葉を信じて、道ならぬ恋を続けたかもしれないのだ。

自分がそんな泥沼に嵌まっていたらと思うと、怖くなった。早紀子は直樹の手を取り、しっかりと自分に誓う。

「彼がどんな悪事を画策してても、今はそんな話に乗らないわ。私は直樹に出会えたもの」

直樹は早紀子の決意を推し量るように、じっと彼女の瞳を見つめていた。しばらくそうしていたかと思うと、ふいに笑顔を浮かべる。

「安心した。早紀子にはこれから先、俺だけのことを考えていて欲しいから」

なんて明け透けな独占欲だろう。早紀子は赤面するが、直樹はなんでもなかったように立ち上がる。

「さてと、じゃあ食事に行こうか」

指輪の入った小箱が、テーブルに置かれたままだ。早紀子は慌てて取り上げ、直樹に渡そうとする。

「待って、これ」

「それは早紀子が持っていて」

「え？　でも」

「気持ちが決まってなくてもいいんだ。俺が真剣だってこと、それでわかるだろ？」

直樹は彼の愛を、目に見える形で示してくれたのだろう。疑いようのない想いに、早紀子は胸が熱くなる。

「私の心は、あの夜から変わってないわ。ただ結婚と言われたら不安、なの。直樹は私とは違う世界で生きてきた人だから」

早紀子ができるだけ正直に気持ちを伝えると、直樹は深くうなずいてくれる。

「ありがとう。その言葉だけでも、すごく嬉しい」

直樹は早紀子の肩を抱き、そっと耳に唇を寄せて続けた。

「これから俺が、早紀子の不安を取り除いていくから。大丈夫だよ」

優しい声音だった。きっと直樹はその通りにするだろうと、信じられるような——。


ふたりはホテル内の日本料理店に移動した。誰もが一度は耳にしたことがある、有名な料亭で、もちろん早紀子は初めて訪れる。

「お待ちしておりました」

和服姿の女性が丁寧にお辞儀してくれ、ふたりを座席に案内してくれる。

カウンターやテーブル席もある店だが、直樹は個室を予約してくれていて、飾り棚には季節の花が生けられていた。

「こんなちゃんとした、和食のお店は初めてよ。マナーとかあるんじゃない？」

早紀子が戸惑いがちに尋ねると、直樹は笑顔で答える。

「俺はふたりで美味しく食事ができればいいんだ。周りの目はないんだし、早紀子も何も気にしなくていい」

もしかしてそのために、わざわざ個室を取ってくれたのだろうか。直樹の心遣いをありがたく思うが、申し訳ない気持ちが大きくなる。

「嬉しい、けど、高級すぎない？」

「再会を祝うなら、落ち着いた店がいいと思っただけだよ。モナコでは洋食ばかりだったから、和食にしたんだ」

この食事にはそういう意味もあったのだ。昨日今日の出来事がめまぐるしすぎて、再び会えた喜びを噛みしめる余裕もなかった。

「そう、ね。私もお祝いはしたいわ」

早紀子が微笑むと、直樹は安堵した様子で言った。

「同じ気持ちでいてくれて良かった。早紀子にもう一度会うことだけ考えて、この半年以上を過ごしてきたから」

日本に来るまでにはいろいろあったのだろう。

直樹は一見何も変わっていないけれど、会社が会社だけに、辞めるのには苦労したはずだ。彼が多くを語らないのは、早紀子を心配させないために違いない。

今早紀子にできることがあるとすれば、直樹をねぎらうことだけ。

直樹がこれから真っ当な生き方をするつもりなら、過去の話はもうしないほうがいいのかもしれない。

「久しぶりの日本なんでしょう？　変わってるところもあるだろうし、のんびり見て回るのもいいと思うわ」

「それは、デートのお誘い？」

思わぬ返しに、早紀子は目をしばたたかせる。

そうだ。直樹をいたわりたいなら、早紀子にはもうそれができる。ふたりとも日本にいて、毎週でも約束ができるのだから。

「もちろん。直樹が望むなら、どこへでも案内するわ」

ふたりは目を合わせると、クスクス笑った。

一度は身体を重ねながら、まるで付き合いはじめたばかりみたいだ。突然のプロポーズには驚いたけれど、直樹は焦ってはいないのかもしれない。

これから時間をかけて、お互いを知り、恋人同士になればいいのだ。

そう考えると気持ちが楽になる。早紀子は急な展開で日常が激変するのを恐れているだけで、直樹と新しく関係を築くことが嫌なわけではないのだ。

コンコンコン。

個室の部屋がノックされ、給仕係が料理を運んできた。

「お待たせしました」

ふたりの前に並べられたのは、小さな器に可愛らしく盛られた、彩り鮮やかな料理だった。旬の野菜がふんだんに使われ、季節の味覚を楽しめる。

「これは鱧《はも》？　ピンク色で綺麗……」

「梅肉ソースがかかってるみたいだね。炭火で焼いてあるから、香ばしいな」

そのほかにも手鞠寿司や海老と枝豆のゼリー寄せ、穴子の水晶巻きなど、目でも舌でも味わえる美しい料理ばかり。

「前菜だけでも、満足してしまうくらいだわ」

早紀子がひと口食べるたびに感嘆の声を上げていると、直樹は「まだまだ序盤だよ」と笑った。

直樹が言った通り、その後も見目麗しい料理が次々に運ばれてくる。

ウニとジュンサイの吸い物や新鮮な魚介のお刺身など、どれも味わい深いだけではなく、細部まで丁寧な仕事がされている。

「美味しい物が少しずつ出てくるって、いいわね。すごく贅沢な時間の使い方っていう気がする」

「喜んでもらえて嬉しいよ」

直樹は柔らかく微笑んだが、すぐに笑顔を引っ込め、ためらいがちに切り出す。

「さっきのデートの話、なんだけど」

「どこか、行きたいところがあるの？」

「まずは俺の母に、会ってくれないかな」

軽い質問の答えが想像より重かったので、早紀子はすぐに返事ができなかった。そのせいか直樹は、彼女を安心させるように付け加える。

「もちろんまだ結婚の話をするつもりはない。お付き合いしている人だと、紹介したいだけだ」

一瞬驚いたが、直樹はきちんと順を追って、進めようとしてくれているのだろう。気持ちは嬉しいし、大事にされているのもわかる。

ただ早紀子はプロポーズされ、指輪も預けられているのだ。

きちんとした答えも出していないのに、立場を曖昧《あいまい》にして、直樹の母親に会うのは礼儀を欠いている。

「少し、早くない？　直樹も日本に戻ったばかりだし、お母さんを驚かせてしまうと思うわ」

「それは、わかってる。ただ俺がなぜ戻ったか、一番伝わると思うんだ。早紀子と共に生きていきたいという以外に、理由はないから」

もしかしたら直樹はまだ、実家には帰っていないのかもしれない。以前反対を押し切って渡米したと言っていたから、母親に合わせる顔がないのだろう。

ひとりでは帰りにくいなら、早紀子がお供《とも》をするのはなんの問題もない。でもそれならば尚更、彼女自身の気持ちを固めたかった。

「直樹がそこまで考えていてくれるなら、私も覚悟を決めてからにしたいわ。まだ結婚のことを伝えないにしても、私たちふたりの想いは同じでいたいの。でないとお母さんに失礼な気がして……」

直樹が誤解しないように、早紀子は丁寧に言葉を選んだ。彼女は彼を拒絶しているわけではないのだ。

早紀子の目をじっと見つめていた直樹は、ゆっくりと首を縦に振った。

「そう、だよな。ごめん、悪かった。この話はもうやめよう」

その後、直樹は本当に母親のことには一切触れず、早紀子を部屋に誘うこともなく、紳士的に自宅まで送ってくれたのだった。

＊

週末の土曜日、早紀子は実家に来ていた。

電車で一時間くらいの距離なので、両親の様子を見がてら、一ヶ月に一度の頻度で帰っている。

「松里堂《まつりどう》のシュークリーム、買っておいたわよ。あなた好きでしょ」

母親の道江《みちえ》がお茶を出しつつ、椅子に腰掛けた。早紀子も向かいに座り、出された湯呑みを取り上げる。

「うん、ありがとう。お父さんは元気？」

「えぇ。立ち仕事が多いから、年々辛くなってきてるみたいだけど」

父親の清彦《きよひこ》は文具店を閉めてから、スーパーの店員になった。五十を過ぎてからの転職活動は大変だっただろうが、仕事が見つかっただけよかったのだろう。

道江も今日が休みなだけで、普段は市役所で事務のパートをしている。

貧しいというほどではないが、暮らし向きは楽ではない。細々と暮らす両親に協力するため、早紀子も毎月仕送りをしていた。

「そろそろ仕事を辞めたらどう？　年金ももらえるでしょう？」

「まぁね。でも本当に微々たるものよ」

早紀子の両親は長らく個人事業主だった。国民年金に厚生年金が上乗せされるのは、会社員だけ。ふたりが勤め人になったのはここ数年のことだから、支給額も大したことはないのだろう。

「私がもう少し仕送りできたら良いんだけど」

「いやね、娘にお金の心配なんかされたくないわ。早紀子こそちゃんと貯金してるの？　結婚資金も必要でしょう？」

道江にはお付き合いをしている人がいると、伝えていた。

もちろん史郎のことで、一度連れてきてと言われたこともあったけれど、彼が難色を示したのでそれきりになっていた。

史郎は気恥ずかしいからというようなことを言っていたけれど、結局は早紀子と結婚する気などなかったのだろう。

本当に早紀子を大切に思っているなら、直樹同様親に紹介しようとするはずだし、自分から挨拶させてくれと言うはずだ。

直樹がいかに真剣に、早紀子との将来を考えてくれているかはわかっている。彼女が気持ちを決められないのは、彼が普通の人ではないと思うからだ。

ごく一般的な結婚ができたら十分な早紀子にとって、直樹は夫として規格外のように感じてしまう。

「お母さんは、私に結婚して欲しい？」

何気なく尋ねると、道江は「当たり前じゃないの」と言った。

「娘の幸せを願わない親なんているもんですか」

いつも穏やかな道江とは思えない、すごい剣幕だったから、早紀子はちょっと驚いてしまう。

「そうよね、変なこと聞いてごめんなさい」

「どうしたの？　プロポーズでもされた？」

早紀子が悩んでいるのを見て取ったからか、ズバリ尋ねてきた。道江はこういうとき、あまり躊躇しないのだ。

「まぁ、そう、ね」

「なんだか、嬉しそうじゃないわね。好きでお付き合いしてるんでしょう？　会社も同じで信頼できる先輩だって」

「あ……その人とは、かなり前にダメになっちゃってて」

早紀子の言葉を聞いて、道江は落ち着きなく視線をさまよわせる。

「ごめんなさい、私ったら早とちりして」

「いいのいいの、私が言ってなかったから」

努めて明るく言うと、道江は不思議そうに首をひねる。

「でもじゃあ、誰がプロポーズを？」

「半年くらい前に、モナコ旅行に行ったでしょう？　そのときに出会った人よ」

道江には傷心旅行だとは言っていなかった。もしかしたら、史郎と一緒に行ったと思っていたのかもしれない。

「どういうこと？　旅先で出会って、早紀子を追いかけてきたの？」

その通りではあるのだが、素直にうなずけない。まるで直樹がストーカーみたいに聞こえるからだ。

「あの、でも、悪い人じゃ」

「素敵じゃない！」

「え？」

道江の思わぬ反応に、早紀子は間抜《まぬ》けな声を上げてしまう。

「お父さんと私って、幼馴染みでしょう？　この町から出たこともないし、そういうロマンチックな恋に憧れてたのよ」

両手を組んだ道江は、乙女な表情を浮かべる。彼女の意外な一面を知り、早紀子は少々困惑してしまう。

「もうお母さんったら、そんな言い方したらお父さんが可哀想じゃない」

「あらいいのよ。私はお父さんを愛してるし、今の生活になんの不満もないもの。この年齢になって、身を焦がすような恋がしたいわけじゃないわ」

道江はそこで言葉を切り、すました顔でお茶を飲む。

「面白い話だと思うだけよ」

「面白いって……、こっちは人生がかかってるのよ？」

「大げさねぇ。結婚が人生のゴールじゃないのよ。難しく考えずに、好きだと思えば結婚すればいいじゃない」

「簡単に言ってくれるわ。まだ出会ってから、ろくに時間も経ってないのに」

「別に時間は関係ないでしょ。長く付き合おうが、結婚までいかない場合だってあるんだし」

道江は暗に史郎のことを、ほのめかしているのかもしれない。実際彼女の言う通りだから、早紀子は反論できなかった。

「大体何年一緒にいても、知らないことだってあるんだから。お父さん、本当は朝はトーストが良かったんですって。全く早く言ってくれればいいのに」

「そうなの？　いつもおにぎり、美味しそうに食べてたじゃない」

「ねぇ？　まぁだから、わからなくたっていいのよ。これから知る楽しみがあると思えばいいんじゃないの」

にこっと笑う道江を見て、彼女が背中を押してくれていることに気づいた。些末な悩みで早紀子が後悔しないように。

「ありがとう、お母さん」

早紀子は湯呑みを両手で握りながら、正直な気持ちを打ち明ける。

「ちょっと不安だったの。私はお母さんたちみたいに、普通に恋をして結婚できたら、それが一番だと思ってたから」

「早紀子が結婚したいと思える相手なら、別に出会い方なんてなんでもいいわよ。要は幸せになれればいいの」

道江に優しく肩を叩かれ、早紀子の胸は随分と軽くなった。知らないことは何も怖くない。直樹を信じて、知っていけばいいと思えたからだ。

＊

日曜日は直樹とデートの約束をしていた。

誘われたときは正直悩んだ。直樹の母親に会うのを断ってしまったからだ。しかし直樹と過ごし彼を理解していくことが、結局は気持ちを固める最良の道に思えて、出かけることにしたのだ。

「今日はどこに行くの？」

車で迎えに来てくれた直樹に、早紀子は笑いかける。ドレッシーなキャミワンピを選んだのは、再会してからこっち味気ないスーツ姿ばかり見せていたからだ。

直樹は早紀子の腰を引き寄せると、頭のてっぺんに軽くキスをして言った。

「お洒落してくれたんだね。すごく可愛いよ」

「ありが、とう」

質問ははぐらかされてしまったけれど、そんなことは一瞬で忘れてしまう。直樹の所作や言葉から、早紀子に対する愛が自然と伝わってくるのだ。

時間に限りのあるモナコでは、そんな余裕はなかった。心のどこかで漠然とした不安を感じ、お互いの気持ちを確認することさえ憚《はばか》られた。

今日は好きなだけ一緒にいられるし、次の機会だってある。それが何よりも幸せだった。

直樹は早紀子を助手席に乗せ、車が走り出してから目的地を告げた。最近人気らしい老舗遊園地で、少し驚いてしまう。

「子どもの頃に行ったきりよ。もう二十年近く、行ってないんじゃないかしら」

「本当に？　じゃあアトラクションの進化を味わえるかもしれないね」

直樹が考えてくれたデートプランに、早紀子はなんの不満もない。ただどちらかと言えば、子ども向けの遊戯施設が選ばれたことは意外だった。

「直樹は、遊園地みたいな場所ってよく行くの？」

「そうだね。アメリカにいたときは、結構頻繁に行ってたよ」

早紀子が目を見開いたせいか、直樹は慌てて付け加えた。

「あ、別に女性と行ってたわけじゃなくて。男の同僚とふたりでね」

デートじゃないと言いたかったのだろうが、早紀子がビックリしたのは、直樹がそこまでして遊園地に通っていたという事実のほうだ。

「男の人では珍しい、よね？　もちろん好きなら、全然構わないと思うけど」

「好き、って言うと語弊があるかな」

直樹はちょっと困ったように笑って続ける。

「心のバランスを取るために行ってたんだ。多分そいつもね。殺伐《さつばつ》とした世界で働いてると、ファンシーな世界に身を置きたくなるんだよ」

早紀子は自分の浅薄さを恥じた。直樹はそのことで思い悩み、退職までしたのだ。遊園地が持つ非日常感が、彼を救ってくれたのだろう。

過去の話はしないでおこうと思ったのに、直樹に余計なことを思い出させてしまった。後悔した早紀子は、意識して弾んだ声を出す。

「随分変わってるんでしょうね。すごく楽しみだわ」

「近頃はVRを使った、体験型ゲームなんかも登場してるみたいだ。ざっと調べてきたから、詳しく案内できると思うよ」

その言葉通り、直樹のエスコートは最初から完璧だった。

入場チケットが購入済みなのはもちろん、入園ゲートからアトラクションまでの最短ルートまで抜かりない。

「ほらここ見て」

アトラクションを待っている間、直樹が通路の壁を指さした。よくよく見ると、この遊園地のマスコットキャラクターが描かれている。昭和レトロなデザインの柴犬だが、今でも十分愛らしい。

「へぇ、間違い探しになってるんだ。待ち時間も飽きさせないように、いろんな工夫がされてるのね」

「そうなんだよ。乗る前から気持ちが高まるよな」

笑顔の直樹を見ていると、こちらまで顔がほころぶ。彼が全力で楽しんでいるのがわかるし、その時間を共有できることが嬉しい。

「このアトラクションって、光線銃で敵を撃つんだっけ？」

「あぁ。敵は右側に多く出るよ。終盤はターゲットの得点が高くなるから、最後まで気を抜かないで」

直樹のすらすらとした解説に、周囲で待っていた人たちまで「へぇ」とうなずいている。いよいよ順番になり、ふたりはライドに乗り込んだ。

真剣そのものの直樹は、すごい集中力で敵を撃ち落としていく。

その正確さは、本物の銃を撃ったことがあるのではと疑うほど。早紀子は感心しつつも、直樹の過去に気持ちが向いてしまう。

「最高得点、おめでとうございます！」

ライドを降りるときには、係の人が直樹に拍手を送ってくれた。照れる彼はとても可愛らしいが、早紀子は複雑な感情を抱いてしまう。

「面白かった？」

明るく問われ、早紀子は急いで笑顔を作った。

「うん、でも結構難しくて……。直樹はすごかったね」

「こういうのは得意なんだ。じゃあ次はシアターに行こうか。意外と後ろの席が見やすくておすすめだよ」

先に立って歩き出す直樹は、早紀子の揺れる心に気づいていない。ホッとするものの、彼との未来をどう描けばいいのかわからなくなる。

アトラクションで銃の扱いがうまくても、直樹の仕事とはなんの関係もない。

そう思いたいのに、疑ってしまう。道江はこれから知る楽しみがあると言ったけれど、知ってしまった事実を早紀子は受け入れられるのだろうか。

こんな悩みは、普通の恋愛にはきっと起こりえない。

直樹が相手だからだと思うと、この愛が正しいのか自信が持てなくなるのだ。

「早紀子？　どうかした？」

振り返った直樹が、心配そうにこちらを見ている。早紀子は軽く首を左右に振り、彼の腕を取った。

「ううん、なんでもない。迫力ある映像が楽しみだわ」

その後も直樹の案内で効率よくアトラクションを見て回り、辺りが暗くなってから、ディナーを予約してくれているレストランに向かった。

ランチは軽くサンドイッチで済ませたから、お腹はペコペコだ。

「わっ、素敵な雰囲気……」

案内されたのは、ライトアップされた遊園地を望む、フレンチレストランだった。昼間のポップな印象はなく、ムード満点で特別な空間だとわかる。

「だろ？　コース料理だから、ゆっくり食事を楽しもう」

美しい夜景を堪能できるだけでなく、料理の味も一級品。大人のデートを念頭に置いて、直樹が選んでくれたのがわかる。

「今日はどうだった？」

早紀子の表情を窺うように尋ねられ、彼女は満面の笑みを浮かべた。

「とても楽しかったわ。こんなに遊園地の隅から隅まで、思い切り堪能したのって初めてよ」

「そう？　内心では子どもっぽいって、思ってたんじゃない？」

直樹が不安そうなのは、早紀子の浮かない様子に気づいていたからかもしれない。

彼女は申し訳なくて、項垂れてしまう。

「そんなこと、思ってないわ。むしろ遊びでも手を抜かないのは、格好いいなって。

直樹の純粋さが伝わってきたっていうか」

「……良くも悪くも、ね。割り切って、適当に済ませられないんだよな」

困ったように笑う直樹を見ていると、胸が苦しくなる。

遊びがそうなら、仕事は尚更。だから良くも悪くも、なのだ。

きっと直樹はどんな相手とのどんな業務でも、誠意を持って取り組んできたのだろう。そんな性格であれば、アメリカでの仕事はさぞ辛かったはずだ。

恐らく早紀子が想像する何倍も。

それなのに直樹は、苦悩をおくびにも出さない。過去と決別し、ふたりで生きる未来だけを、見つめているのかもしれなかった。

早紀子自身は、どうなのだろう？

直樹との将来を、きちんと描けているだろうか？

その問いに即答できるようなら、直樹の母親に会うのを拒みはしない。早紀子はまだ、なんの答えも出せないでいるのだ。

「結婚のことだけど」

「その話はやめよう」

早紀子の言葉を直樹が優しく遮った。

「今日早紀子を誘ったのは、デートをするためだ。プロポーズの答えを聞くためじゃないよ」

直樹に諭され、早紀子はそれ以上何も言えなかった。彼女の迷いが彼を立ち止まらせているのだと思うと、ひどく心が痛むのだった。

*

週明けモヤモヤした気持ちで出社すると、オフィスが騒然となっている。何事かと思い、一番近くにいた同僚に声を掛けた。

「おはようございます。何か、あったんですか？」

「あぁ高良さん、おはようございます。それが新山さん、二股かけてたらしくて。取引先の社長が、激怒して乗り込んできたんですよ」

「えっ」

どういう、ことだろう？

早紀子は史郎とのことを、誰にも話していない。

今まではもちろん、史郎に振られてからもだ。どこからふたりの関係が漏れたのかと青くなっていたら、窓口で勤務している狩野亜美《かのうあみ》の名前が飛び出す。

「五年も付き合ってたらしいですよ。結婚の約束までしてたとか。女心をもてあそぶなんて、最低ですよね」

なんて、ことだろう。史郎は二股どころか、三股だったのだ。

亜美と付き合いながら、早紀子とも付き合い、しかもどちらも捨てて、取引先の社長令嬢と結婚しようとした。

あまりに卑劣で、自分勝手な行動に、早紀子は唖然《あぜん》とする。彼女が絶句していると、同僚はさらに詳しい説明をしてくれた。

「狩野さん、今日のこの日まで、着々と準備してたみたいですよ。弁護士に依頼して、取引先に内容証明書を送ったとか」

「そこまで、したんですか？」

早紀子は泣き寝入りしてしまったが、亜美は史郎と戦う道を選んだのだろう。執念とも言える行動力に驚くが、同僚は沈痛な面持ちで答えた。

「よっぽど頭にきてたんじゃないですか。狩野さん、今年三十一歳でしょう？　二十代の一番いい時期を捧げて捨てられたんじゃ、そりゃあねぇ」

史郎の結婚には早紀子も気落ちしたが、亜美はその比ではなかったのだろう。交際期間も、年齢も、亜美のほうがずっとダメージが大きい。

「五年も付き合ってたのに、噂とかありませんでしたよね？」

早紀子だって知っていたら、史郎の誘いなど受けなかった。彼は全く女の影をちらつかせなかったのだ。

「えぇ、うまく隠してたんでしょうね。仕事終わりにふたりを見かけたって人もいましたけど、たまたま帰りが一緒になるくらい、誰だってありますしね」

仕事終わりと言われて、早紀子はハッとした。

史郎は早紀子と、平日だけは絶対に会おうとしなかったのだ。会社の近くでデートしたこともない。

週末のドライブデートだけだったのは、早紀子を楽しませるためなんかじゃない。亜美にバレたら困るからだ。

史郎は器用で、要領の良い人間だった。

デートするエリアを分け、会うタイミングを変え……。そこまで徹底することで、早紀子にも亜美にも、もうひとりの恋人の存在を悟らせなかったのだ。

もっと早くその事実に気づいていればと思うが、早紀子がすぐさま受け入れられたかはわからない。間違いなく傷つき、立ち直るのには長い時間を要しただろう。

あぁそうか、普通の恋愛でも起こりえるんだ――。

早紀子は今更ながら気づいた。

秘密なんて誰にでもあるという、至極《しごく》当たり前のことに。

史郎の裏切りは知って楽しいことじゃない。しかし知っていれば、こんな惨事にはならなかっただろう。

早紀子は直樹の過去を恐れていたけれど、彼だけが闇を抱えているわけじゃない。

彼を特別視して、結婚に踏み切れない言い訳にしてきたのは彼女自身だ。

どんな形であれ、知ることによって前に進むことはできるのに。

「まぁこれで、新山さんも終わりでしょうね。大口の取引先を怒らせたんじゃ、クビはもちろん、損害賠償だって請求されるかもしれませんし」

同僚が肩をすくめ、呆れたように言った。

史郎の自業自得ではあるが、早紀子はもう怒りを通り越して、哀れにすら思えてきた。順風満帆だった未来が、一転してどん底に落ちたのだ。

「人は見かけによりませんね。新山さん、爽やかで人当たりもよかったのに」

まるで他人ごとのように早紀子がつぶやくと、同僚もうんうんとうなずく。

「本当にねぇ。私も完全に騙されてましたよ」

見る目がないと言われればそれまでだが、史郎は本当にうまく皆の目を眩《くら》ましてきた。早紀子に至っては、先日のつきまとい行為すら、直樹の思い過ごしかのように言ってしまったほどなのだ。

直樹は日々騙し騙される凄絶な世界で戦ってきたから、本質を見抜く目を持っている。肌感覚に近いものを身につけているのだろう。

他人の中に潜《ひそ》む悪意に、早紀子は鈍感だ。これまでは幸いにして、善良な人たちに囲まれて生きてきたから、事なきを得ていたに過ぎない。

普通や安定より、ずっと大事なものはある。

直樹が早紀子を必要とし、彼の妻として相応しいと感じてくれているなら、それだけで十分なはずだ。彼は彼女より、確かな目を持っているのだから。

＊

週末の予定を聞かれる前に、早紀子は直樹に連絡を取った。彼女が出した答えを、早く彼に伝えたかったからだ。

「早紀子から訪ねてくれるなんて、嬉しいよ」

平日の夜、急なお願いにもかかわらず、直樹は快く部屋に迎え入れてくれた。彼はスイートルームに滞在しており、その広さと居心地のいい空間に驚く。

「なんだか、旅館みたいな雰囲気があるわね」

「あぁ。和のテイストっていうのかな、日本のホテルらしい良さがあるよ」

直樹はソファに腰掛け、早紀子にも座るようすすめてくれる。

「ルームサービスでも、取ろうか？　ここの紅茶は王室御用達のものを使っていて、すごく美味しいよ」

「お気遣いありがとう。でも今日は話がしたかっただけだから」

早紀子の言葉を聞いて、直樹はメニューを置いた。わずかに緊張した面持ちで、静かに尋ねる。

「どんな話、かな？」

「直樹のお母さんに、ご挨拶させてもらいたいと思って」

直樹はパッと顔を輝かせたが、すぐに眉根を寄せた。

「でも会うのは、結婚の覚悟を決めてからって」

「それはだから、直樹のお嫁さんにしてください、ってことです」

緊張してつい丁寧語になってしまった。直樹は突然立ち上がり、徐々に顔をほころばせたかと思うと、感嘆の声を上げた。

「あぁ、本当に？」

直樹は満面の笑みを浮かべ、ガバッと早紀子を抱きしめる。

「信じられない、夢みたいだ」

感激に打ち震えているのだろう。直樹の腕の中にいると、彼の身体がわずかに揺れているのが伝わってくる。

歓喜する直樹の瞳は潤んでおり、早紀子の目頭も熱くなる。

迷う必要なんて、なかった。こんなにも、愛されているのだから。

「どうして、泣いてるの？」

直樹が早紀子の目尻を軽く拭い、彼女は溢れんばかりの悦《よろこ》びを込めて微笑む。

「胸が、いっぱいなの」

「俺もだ、叫び出したいくらいだよ」

いつになく高い声は、生きとし生けるものすべてに感謝するかのようだ。ふたりは愛に満ちた視線で見つめ合い、直樹は一層強く早紀子を抱いた。

「ちょ、苦し」

早紀子が思わずトントンと直樹の背中を叩くと、彼は慌てて彼女を離してくれた。

「ごめん、あんまり嬉しくて、力が制御できない」

喜びではち切れそうな笑顔を見れば、一途《いちず》に早紀子の答えを待っていてくれたのがわかる。

「私こそ、謝らなきゃ。グズグズ迷って、すぐに返事できなくて」

「そんなことはどうだっていい。早紀子は決心してくれたんだから」

再び直樹が早紀子の腰を引き寄せた。前髪をかきわけたかと思うと、額にそっと唇が触れる。

「俺の前職を知って、受け入れるのは難しいことだよ。それでも早紀子はイエスと言ってくれた。必ず幸せにする」

腰に回された手に力が込められ、甘い期待で密かに身体が疼く。早紀子は淫らな欲望を振り払うように言った。

「あの、でも、直樹のお母さんには、まだ伏せておいたほうがいいと思うわ。久しぶりに帰ってきて、いきなり結婚なんて戸惑うでしょう?」

「そのつもりだよ。まずは俺の気持ちをしっかり伝えたい。早紀子が一緒に来てくれるなら、母ともきちんと向き合えると思う」

「うん」

早紀子がうなずくと、直樹が彼女の唇にキスをした。まるで結婚式の誓いの口づけのように優しく。

「ぁ」

このまま先に進むのかと思ったのに、直樹はあっさり早紀子を解放した。再会した直後、会社での激しさが嘘のようだ。

遊園地でのデート後も、直樹は早紀子を家まで送ってくれるだけで、一緒に夜を過ごそうとは言ってくれなかった。

直樹が紳士的でいようとしてくれるのは嬉しいが、少し寂しい。早紀子の気持ちを知ってか知らずか、彼は愛おしそうに彼女の頬に触れた。

「早紀子は明日も仕事だろ？　無理はさせたくないんだ」

「別に無理なんかじゃ」

「多分今抱いたら、早紀子を一晩中離せない」

早紀子は真っ赤になるが、直樹の頬も同じくらい赤く染まっていた。必死で自分を抑えているらしく、彼女の顔を見られないようだ。

「自分に枷《かせ》をかけないと、気持ちが暴走しそうなんだ。せめて母に会うまでは、キス以上のことはしないでおこう」

モナコで見た夢の続きを生きる。直樹はそう言ったけれど、これからの人生は続きであって続きではない。

全く新しい生活を、一から始めるのだ。直樹の確固たる決意が感じられて、早紀子の胸は熱くなるのだった。

第四章　直樹の真実

いよいよ今日、直樹の母親に会うことになっている。早紀子は無難なワンピースを選び、鏡の前で笑顔の練習をしていた。

一体直樹の母親とは、どういった人なのだろう。

直樹の父親が組員であれば、母親もその筋の女性かもしれない。和服姿で啖呵《たんか》を切る名女優の姿が思い浮かび、早紀子は少し怯えてしまう。

しかし本当にそのような女性なら、直樹の渡米を反対するとも思えない。彼の両親は別れて暮らしているようだし、もっと複雑な事情がありそうだ。

直樹についてわかっていることは、決して多くはない。

ヤクザのフロント企業で働いていたこと。仕事柄なのか非常に裕福そうだが、粗野でも下品でもないこと。何ヶ国語も操る、優秀なビジネスマンであること。

相反する面を幾つも持つ直樹は、とてもミステリアスだ。今日その全貌が明らかになるのかと思うと、楽しみなようで不安でもある。

早紀子から見えている直樹は、純粋で優しく、紳士的な男性だ。

本当に早紀子を大切にしてくれ、愛されているのがわかる。初対面の頃の強引な彼は、わざと悪ぶっていたんじゃないかとすら思えるほどだ。

だからこそ、直樹の過去に何があったのか気になる。

直樹は一からやり直すため、日本に戻ってきた。早紀子が彼と共に生きていくなら、やはりすべてを知っておきたいと思う。

ヴヴヴと、テーブルに置いたスマホが振動した。

直樹が下で待っている。早紀子はさっと立ち上がると、菓子折りが入った紙袋と鞄《かばん》を取り上げ、緊張しながら自宅を出た。

「今日はすまない」

早紀子の顔を見るなり、直樹は頭を下げた。

「俺の都合に付き合ってもらって、本当に感謝してるんだ」

「そんなこと、お母さんに紹介してもらえて嬉しいわ。結婚するなら、親御さんとの関係は大事にしたいもの」

「そう言ってもらえると気が楽になる。母には申し訳ないことをしたし、これからは親孝行していきたいと思ってるんだ」

家出同然の就職なら、母親と疎遠になってもおかしくない。

直樹はそれを悔いているようだから、結婚を機に関係を修復したいと思っているのだろう。早紀子にその手伝いができるなら、喜んで協力したい。

「それじゃあ、出発しようか。ここから車で三十分くらいのところだから」

直樹が車の扉を開けてくれ、早紀子は助手席に乗り込む。ちらっと後部座席に目をやると、仏花が置いてあった。

「誰かの、お墓参りに行くの？」

「祖母と祖父のところへね。……もしよかったら、早紀子も一緒に来てくれる？」

「もちろんよ。先に言ってくれたら、お数珠《じゅず》を持ってきたのに」

早紀子が憤慨するように言ったので、直樹が顔をほころばせる。

「ごめん。早紀子のそういうとこ、俺はすごく好きだよ」

あまりにもさらっと言われたので、早紀子は真っ赤になってしまう。直樹はまだ微笑んだまま、静かに車を発進させたのだった。

「ここが直樹の実家、なの？」

車から降りた早紀子は、家を見上げたままポカンと口を開けていた。

目の前にあるのは伝統的な日本家屋だ。瓦屋根を備えた重厚な門はぴったりと閉じられ、両側には背の高い漆喰《しっくい》の壁が続いている。

フィクションでよくあるような、いかにもヤクザの豪邸という雰囲気に、早紀子は怖じ気づいてしまう。

「直樹のお母さんって、どういう方？　もしかして、その、組長さんのお嬢さん、とか？」

早紀子の質問を聞いて、直樹はハハハと笑い出す。

「いや、違うよ、母は堅気の人間だ。小林商事って、知ってるかな？　あそこの社長なんだよ」

「小林商事って、あの、大手総合商社の？」

「そうそう。母は創業者一族のひとり娘なんだ」

直樹がなんでもないように相づちを打ち、爆弾発言を繰り出す。確かに名字は同じだが、小林なんてよくある名字だし、まさかそんなこと考えもしなかった。

早紀子の心臓は動揺でキュッと縮み、これから当人に挨拶するというのに頭がこんがらがる。

そんな大企業のお嬢様と、ヤクザの組員がどうして夫婦に？

愛し合ってはいても、出自の問題などでうまくいかなかったのだろうか？

直樹はそのことで悩み、単身渡米したの？

疑問はつきないが、直樹は迷いなく家の呼び鈴を鳴らす。カメラに姿が映っていたからか、年配の女性の慌てた声が聞こえてきた。

「坊ちゃん！　帰ってらしたんですか！」

「あぁ。開けてくれるか」

「はい、ただいま」

プツッとインターフォンが切れ、しばらくすると息せき切った家政婦らしき女性が、門を開いて顔を出す。

「よく帰ってきてくださいました。奥様もお喜びになりますよ」

人の好さそうな女性が、直樹の手を取り大げさに振ってみせる。早紀子はそんなふたりを硬直したまま見つめている。

家政婦は棒立ちになった早紀子に気づき、直樹に尋ねた。

「そちらの方は？」

「僕がお付き合いしている女性だ」

直樹の答えを聞いた途端、家政婦は「まぁ！」と叫んで、早紀子に駆け寄る。

「初めまして。私は小林家で長年家政婦をさせていただいている、古川祐子《ふるかわゆうこ》と申します。坊ちゃんが女性を連れてきたのは初めてですよ」

怒濤の自己紹介に早紀子がオロオロしていると、直樹が苦笑しながら言った。

「祐子さん、興奮しすぎだ。立ち話もなんだから、家に入れてくれ」

「あぁそうですね。車は運転手にお任せください。おふたりはどうぞこちらへ」

祐子の後に続いて、ふたりは敷地の中に入った。門構えもすごかったが、目の前に日本庭園が広がり、個人の住む家というより重要文化財のようだ。

今朝想像していたような状況ではないが、別の意味で予想外で、早紀子はものも言えずに、スタスタと歩くふたりについていくしかない。

「直樹……っ」

玄関に入ると着物姿の女性が立っていた。任侠映画に出てくるような迫力ある雰囲気ではなく、線の細い凜とした美人だ。

「何年も連絡をよこさず、あなたって人は」

「悪かったと思ってる。玲奈さんに紹介したい人ができたから、今日は来たんだ」

直樹がこちらを振り返り、玲奈は早紀子を見た。

目が合った瞬間、玲奈がふらりと体勢を崩す。直樹が駆け寄るよりも早かったのは祐子だった。

「奥様っ」

祐子はすぐさま玲奈を支えると、直樹に向かって言った。

「坊ちゃん、申し訳ありませんが、客間のほうに行っておいていただけますか？　私は奥様をお部屋にお連れします」

「しかし」

「こちらは大丈夫ですから。坊ちゃんはお客様を」

直樹は玲奈が気がかりだったようだが、仕方なくうなずく。

「……わかった」

ふたりが去ってから、直樹は早紀子を客間に通してくれた。縁側から庭が見え、中央には重厚感のある紫檀《したん》のテーブルが置かれている。

「すまない。さっき倒れたのが、母の玲奈だ。まさかこんなことになるとは」

直樹の予想よりも、玲奈のショックは大きかったのだろう。彼女の口ぶりでは、長年音信不通だったようだから、余計に驚いたのだと思う。

「やっぱり、私が来たのが良くなかったのかしら……」

早紀子がつぶやくと、直樹は首を大きく左右に振った。

「悪いのは俺だ。早紀子はもっと慎重だったのに」

直樹は後悔した様子で、自分を責めるように付け加える。

「結局俺は、ひとりで実家に戻るのが怖かっただけなのかもしれない」

「直樹はお母さんを、安心させようとしただけでしょう？」

早紀子の問いかけに、直樹が顔を上げた。

「息子が戻ってきてくれて、嬉しくない母親なんていないわ。きっと突然のことで、戸惑ってらっしゃるだけよ」

直樹はじっと早紀子を見つめ、険しい顔を緩ませた。わずかに口角を上げ、穏やかな声で礼を言う。

「ありがとう」

熱っぽい視線を向けられていると、まるで抱きしめられたみたいに身体が熱くなる。

早紀子は直樹の瞳から逃れるように、立派な日本庭園に目を向けた。

「素敵な、お庭ね。お手入れも大変でしょう？」

「ここは祖父が作った、祖母のための庭なんだよ。病弱だった祖母が、出かけなくても自然を感じられるように、って」

「お優しい方だったのね」

早紀子が微笑むと、直樹は眉間にしわを寄せる。

「祖母にだけ、ね。俺が幼い頃祖母に先立たれてからは、頑固で癇癪《かんしゃく》持ちの老人でしかなかったよ。もちろん大恩はあるから、母も小林商事を継いだんだと思うけど」

先ほどの様子を見るかぎり、玲奈は繊細な心の持ち主のようだ。大きな決断を必要とする社長という立場は、あまり向いてはいないのかもしれない。

「お待たせしました」

部屋の扉が開き、お茶を用意した祐子が部屋に入ってきた。彼女はテーブルに人数分の緑茶と羊羹《ようかん》を並べながら、直樹に詫びる。

「申し訳ありません、坊ちゃん。奥様はまだ動揺されていて。こちらには挨拶に来られないとおっしゃっています」

「そうか……」

直樹が気落ちした声でつぶやくと、なぜか祐子は彼の隣に座り、早紀子に向かって微笑みかける。

「代わりに私が、お客様のお相手をするように、と」

早紀子が戸惑って直樹の顔を見ると、彼は困ったように笑う。

「玲奈さんがそう言うなら。祐子さんも母親みたいなものだからな」

「さようでございますね」

ふたりが顔を見合わせたので、早紀子は困惑しながら尋ねる。

「あの、どういう意味ですか？」

直樹はその質問には答えず、先に早紀子を紹介する。

「彼女は高良早紀子さんだ。俺の大切な人だから、すべて話してくれて構わない」

祐子は軽くうなずくと、早紀子を真っ直ぐ見ながら口を開いた。

「まず、坊ちゃんのお父上のことは、ご存じですか？」

「はい。その、いわゆる暴力団の、組員であると、聞いています」

なんとなく言いにくくて、早紀子はしどろもどろになってしまう。祐子のほうは気にとめることなく、そのまま話を続けた。

「その通りです。坊ちゃんのお父上である伊藤《いとう》茂様と奥様は、大学のご学友として出会われました。茂様は非常に複雑な家庭のお生まれでしたが、優秀であったために、組のお金で大学に通うことを許されたんだそうです」

「そのことを、直樹さんのお母さんはご存じだったんですか？」

「はい。茂様は自らの出自を、奥様に最初から伝えておりました」

そういう誠実さを、直樹も受け継いでいるのかもしれない。ただ、その事実を知っても、玲奈は茂を好きになることを止められなかったのだろう。

「自分に恋をしても不幸になるだけだと、考えておられたのだと思います。茂様は組に恩義がありますし、将来は決まっているようなものでしたから」

祐子はそこで言葉を切り、ひと口だけ湯呑みのお茶を飲んだ。

「それでも、奥様にとって茂様は、ただひとりの方でした。旦那様の目を盗んで愛を育《はぐく》まれ、坊ちゃんを妊娠されたときも、本当に喜んでおられたんです」

交際を許されなかったのだとしたら、結婚などもってのほか。小林商事のご令嬢でありながら、玲奈は未婚の母だったということだ。

「旦那様はそれはもう激怒されましてね。奥様が茂様に会うことを禁じ、子どもは堕ろせとまでおっしゃったんですよ」

「そんな……」

「奥様は母と名乗れなくてもいいからと旦那様に懇願なさり、地方でひっそりと坊ちゃんをお産みになりました。そのため表向きは私の子どもとして、お育ちになったのです」

だから、祐子さんも母親みたいなもの、なのだ。

自分の娘と孫に対して、そこまで徹底的に厳しい態度を取るなんて。にわかには信じられないが、直樹が評する通りの人だったのだろう。

「小さい頃は、ふたり母親がいるのが嬉しかった。どっちもママだとややこしいから、そのうち両方とも名前で呼ぶようになったけどね」

「でも大きくなるにつれ、だんだん不思議に思いはじめるでしょう？」

早紀子が問いかけると、直樹は苦笑いして答える。

「あぁ。本当のお母さんはどっち？　って、何度も聞いたよ」

「私たちは、いつも答えられませんでした。でも坊ちゃんは、そのうち質問なさらなくなって。あれは、どうしてだったんですか？」

長年の疑問をやっと言えたという感じで、祐子は直樹の口元を緊張しながら見つめている。

「ふたりを困らせたくなかったんだ。どちらも俺を愛してくれているのは、十分すぎるほどわかってたからね。ただ」

直樹はその先を言葉にするのをためらっていたようだが、思い切って続ける。

「自分なりの結論はあった。……祖父が祐子さんに産ませた子どもが、俺なんだろうと思ってたんだ」

「まぁ！」

祐子が頓狂《とんきょう》な声を上げた。

「旦那様は大奥様を、あれほど大事になさっていたのに」

「だからだよ。俺のことを引け目に感じて、謝罪の気持ちがあるんだと思ってた。俺が父の話をしようとすると、決まって祖父は怒り出したしね」

嘘を重ねることで誤解を生み、直樹は真実とはほど遠い答えにたどり着いてしまった。祐子はショックを受けた様子で、呆然《ぼうぜん》と彼を見ている。

「じゃあ奥様のことは、年の離れた異母姉だと？」

「あぁ。俺の周囲には、出自を公《おおやけ》にできない、という友達が何人かいたからね。かなり特殊な学校だったんだと思うよ。メディアの取材は一切受けず、セキュリティも厳重だったし」

直樹の秘密を守るため、進学先は細心の注意を払って選ばれたのだろう。小林家の財力と権力があれば、裏からマスコミに手を回すこともできたかもしれない。

「そこまで徹底していたのに、どうして真実を知ることになったの？」

「パスポートの切り替え申請で、戸籍謄本を取ったんだよ。母のところに玲奈さんの名前があって、父のところは空欄だった」

当時を思い出したのか、直樹の顔が苦悶するように歪《ゆが》む。

「玲奈さんと祖父を問い詰めたら、すべて話してくれた。父のことも」

直樹にとっては青天の霹靂《へきれき》だっただろう。彼の祖父は確かに祖父であり、まだ見ぬ父親はアメリカにいると知ったのだから。

「ずっと騙されていたんだと思うと、許せなくてね。多少のいざこざはあっても、大事に育てられてきたという自覚はあったから、余計に裏切られたような気がして」

祐子は複雑な表情を浮かべていたが、口を挟むことはなかった。何を言おうと、弁解になるだけだと思ったからかもしれない。

「大学卒業間近の頃だったかな。家にも帰らず、友達の家を転々として、毎日酒ばかり飲んでた。大手商社から内定は出てたけど、もうまともな生き方ができる気がしなくてね。日本を出て、父の下で働き始めたんだ」

直樹は突然うつむき、膝の上で握りこぶしを固めた。震える声を絞り出し、後悔を滲ませる。

「そして俺は、祖父の葬儀にさえ、帰ってこなかった」

この家の敷居を、二度とまたがない覚悟だったのだろう。直樹は小林家と決別する意思表示をしたのだ。

「でも坊ちゃんは、戻っていらっしゃった。それは早紀子さんと出会われたから、ですか？」

「そうだ」

直樹はキッパリと断言し、早紀子を見つめながら続ける。

「過去と向き合うのを恐れていたら、前に進めないと思ったんだ。彼女と結婚し、温かい家庭を作りたい。俺の望みはそれだけだ」

第二の母と呼べる人の前で、直樹は改めてプロポーズしてくれた。心から早紀子と生きていきたいという、強い信念が感じられる。

「彼女を愛するまで、正直玲奈さんの気持ちはわからなかった。添い遂げられないのを知りながら、父への愛を貫き、俺を身ごもったことも」

「それは」

祐子が異議を唱えようとしたけれど、直樹は彼女を制する。

「今は理屈ではない感情があるのもわかるよ。それを彼女が教えてくれたんだ」

直樹は早紀子をあまりにも持ち上げすぎる。

気持ちは嬉しいが、自分が平凡な女性だとわかっている早紀子は、直樹の言葉を訂正せざるを得なかった。

「あの、直樹さんはこんな風におっしゃいますけど、私はそんな大した人間じゃないんです。地方銀行で働く普通の会社員で、両親も勤め人で、こんな大企業のご子息と釣り合うとは思えません」

一気にまくし立ててうつむく早紀子に、直樹が優しく声を掛ける。

「早紀子、俺は家柄を誇示したくて、君をここに連れてきたわけじゃない。一度はこの家を出た身だし、母の会社を継ごうなどという気はないよ」

「でも」

「さっきも言ったけど、俺は早紀子と穏やかに暮らしたいだけだ。後ろ暗いことのない、胸を張ってできる仕事なら、なんでもいいと思ってる」

早紀子が直樹の言葉に安堵したのもつかの間、祐子が落ち着いた声で言った。

「奥様は坊ちゃんに、小林商事を継いで欲しいと思っておられますよ」

「祐子さん!」

「坊ちゃんのお気持ちはわからなくもないですが、奥様の身にもなってください。旦那様が亡くなられてから、ずっとおひとりで会社を守ってこられたんですよ」

祐子の言葉に、直樹は何も言えないでいる。玲奈には倒れてしまうほどの心労を掛けたから、突っぱねることができないのだろう。

「奥様は多くを望んでおられません。坊ちゃんの選んだ方との結婚も、祝福してくださると思います。ですから今一度、小林商事の後継者になることを、ご検討いただけませんでしょうか」

重苦しい沈黙が流れた。今この場ですぐに返事はできないのだろう。直樹の気持ちを悟ってか、祐子は謝罪の言葉を口にした。

「申し訳ありません、坊ちゃん。差し出がましいことを言いました。こういったことは、奥様の口からお話しすべきことでしたね」

祐子は顔を上げ、温和な笑みを浮かべる。

「もしよかったら、仏壇にお参りしていかれませんか？」

考え込んでいた直樹は、「ぁ、ああ、そうだな」とうなずく。

「この後も墓参りに行く予定なんだ」

「それはそれは。きっと旦那様も大奥様もお喜びになりますよ」

祐子が嬉しそうに両手を合わせ、いそいそと立ち上がる。

早紀子も立ち上がろうとして、ようやく菓子折りを持ってきたことを思い出す。衝撃的な話に聞き入っていて、すっかり渡すのを忘れていたのだ。

「あの、こちらお口に合うかどうかわかりませんが」

普通は謙遜《けんそん》して言う言葉だけれど、今は本心だった。こんな名家だとは知らず、本当に一般的な物を持参してしまったのだ。

「まぁご丁寧にありがとうございます！　さっそく供えさせていただきましょう」

祐子はこちらの思いを知ってか知らずか、素直に喜んで見せるので、早紀子は一層恐縮してしまう。

三人は仏間に移動し、早紀子は直樹と一緒にお線香を上げさせてもらう。仏壇も見事なもので、その荘厳さは神社仏閣にいるかのようで気持ちが静まる。

「お参りくださって、ありがとうございます」

「こっちこそ、長くご無沙汰していて悪かった」

直樹は頭を下げ、少し迷ってから付け加える。

「今後はもう少し頻繁に、参りに来るよ」

「えぇぜひ。奥様がお元気になられましたら、またいらしてください」

祐子は朗らかに笑い、三人は仏間を出た。

「それじゃあ今日のところはこれで失礼するよ」

「かしこまりました。その前に高良様のご連絡先をちょうだいしても構いませんか？　奥様が改めて失礼をお詫びしたいと、おっしゃっていましたので」

「そんな、お詫びなんて。私は全然気にしていませんと、お伝えください」

早紀子は大きく手を左右に振ったが、祐子がぜひにと言うので、名刺の裏に私用スマホの電話番号とメールアドレスを書いて渡した。

「ありがとうございます。では、お見送りだけさせてくださいね」

玄関を出たふたりに、祐子はいつまでも手を振ってくれていた。


車に乗り込み発進したものの、直樹は先ほど祐子に言われたことを思い悩んでいるようだった。早紀子は沈黙に耐えられずに尋ねる。

「直樹は、どうするつもり?」

「どうって?」

「会社を継ぐこと」

「俺は継がないよ」

意外にも直樹の答えは決まっているようだった。しかし彼の表情は暗く、深刻な調子で付け加える。

「小林商事は祖父そのものだ。葬儀にすら出なかった俺が、継ぐ資格なんかない」

直樹にとっての祖父は、ある意味で父親だった。死に目に会えなかった、いや会おうとしなかったことを、今でも悔やんでいるのだろう。

「祖父は厳しい人だったけど、世話にはなったんだ。父にも帰るよう言われたのに、どの面下げて帰れるんだと意地を張ってしまった」

日本を出るとき、直樹は凄絶な覚悟をしたに違いない。この世で再び会うことはないという、残酷で悲しい誓いを守ったのだ。

祖父に対する直樹の感情がどういうものか、早紀子にはわからない。直樹の出生にまつわる様々な事柄が、祖父に端を発した問題である以上、簡単に和解はできなかっただろう。

それでも、対話を諦めるべきではなかった。

お互いを許し合う機会を永遠に失ったことを、直樹は後悔している。でないと、見ているこちらまで胸が痛くなるような表情はしない。

「だけど直樹は、帰ってきたじゃない？」

堪らずに早紀子が声を掛けると、直樹は自虐的に笑う。

「今更、ね。放蕩息子の帰還は、いつだって揉め事の元だよ」

「別に直樹は遊んでいたわけじゃないでしょう？」

「胸を張れる仕事をしてたわけでもないよ」

「直樹は優秀な人だわ。どんな職場でも成果を出せる。それは小林商事であっても、同じことよ」

早紀子が懸命になるのは、このままでいいと思えなかったからだ。

玲奈はまだ生きていて、直樹が会社を継ぐことを願っている。もしかしたらそれは、祖父の願いでもあるかもしれないのだ。

「早紀子は、俺に小林商事を継いで欲しいの？」

訝しむように直樹が尋ねた。本音を言っていいか迷うが、早紀子は正直に気持ちを吐露する。

「小林商事の社長夫人なんて、私には荷が重すぎるわ」

「だったら」

「私はまた直樹が後悔するのを、見たくないだけよ」

早紀子の気持ちが伝わったのか、直樹はそれ以上言葉を発しなかった。ハンドルを持つ手に力を込め、険しい顔で前を見つめていた。

＊

昨日はあれから墓参りを終え、家まで送り届けてもらった。

直樹は時折考え込む様子でいつもより口数が少なく、早紀子もまた彼との結婚について再び悩み始めていた。

多分直樹の実家が一般的な家庭であれば、こんな迷いは生まれなかったのだ。

早紀子は直樹からのプロポーズは受けたが、小林商事次期社長の妻になることを了承したわけではなかった。

地位も肩書きも早紀子には必要ない。直樹さえいてくれればいい。彼となら、どんな境遇にあっても、手を取り合って生きていける。

直樹が小林商事を継がないと言ったのは、そういう早紀子の気持ちを知っているからでもある。しかし彼女のために、玲奈を苦しませるわけにはいかなかった。

もちろん小林商事の皆が、直樹を社長にと望んでいるかはわからない。息子だからと当然のように後継者に納まる彼を、良く思わない人もいるだろう。

ただ直樹にとっては、玲奈の気持ちが一番だろうと思うのだ。

内定を辞退してアメリカに渡ったこと。祖父の葬儀に出なかったこと。直樹には玲奈を傷つけたという意識があって、なんとか償いたいと考えている。

これ以上直樹に、悔いを重ねて欲しくないのだ。

直樹が本気で小林商事を継ぐつもりなら、決して難しくないと思う。周囲を納得させるだけの働きが彼にはできるし、その実力もある。

早紀子はそれを憂えてはいけないのだ。直樹を愛しているなら応援すべきだし、彼には最良の選択をして欲しい。

たとえふたりの結婚が、困難になったとしても――。

直樹との再会から今まで、驚きや戸惑いも多かったけれど、すごく楽しかった。ふたりで過ごせば過ごすほど、どんどん彼に惹かれていった。

でもこれ以上は、一緒にいられない。

「指輪も、返さなきゃ」

テーブルに置いて、いつも眺めていた小箱を持って、早紀子は立ち上がった。窓際のチェストにしまい込み、ふと通りを見ると知らない男性と目が合う。すぐ去っていったけれど、こちらを監視していたような感じだ。

なんとなく気味の悪さを感じていたら、電子音が聞こえてきた。早紀子は慌ててスマホを取り上げ、知らない番号に訝しみながら通話ボタンを押す。

「はい」

「もしもし、直樹の母親の小林玲奈です。今、お時間よろしいですか?」

連絡先を渡しはしたが、本当に玲奈から電話が掛かってきた。早紀子は居住まいを正し、スマホを握りしめる。

「は、はい。大丈夫です」

「先日はお見苦しいところをお見せして、申し訳ありませんでした」

「いいえ、謝っていただくようなことではありません。それよりも、お身体の調子はいかがですか？」

早紀子の問いかけに、玲奈は電話の向こうで微笑んだような気がした。しばらくして穏やかな声で続ける。

「身体は大したことないのよ。本当はあの後、ご挨拶に行けないこともなかったの。ただあんな風に倒れてしまったから、顔向けできなくて」

正直な人だなと思う。その率直さには好感が持てるし、やはり直樹の母親なのだと思った。

「おふたりは、似てらっしゃいますね」

「え？」

「直樹さんも、同じようなことをおっしゃっていました。反対を押し切って家を出たからと、ご実家に帰るのを随分と迷われていたんです」

「そう……」

玲奈はポツリと答えてから、思い出したように言った。

「今日連絡させてもらったのは、改めてご挨拶したいと思ったからなのよ。またこちらに来てもらってもいいんだけど、電車だと不便なところだし。よかったらどこかでお茶でもいかがかしら？」

直樹抜きで話がしたいのかもしれない。緊張はするが、玲奈たっての希望なら断る理由はない。

「わかりました。今週の土曜日、午後二時頃でも構いませんか？」

「もちろんよ。良かったらお店は私が予約しておくわ。ケーキが美味しいカフェを知っているの」

「そうなんですね。では、よろしくお願いします」

詳しい店の場所は、予約が取れたらメールしてもらえることになり、ふたりは通話を終えたのだった。

*

土曜日になり、早紀子はドキドキしながら待ち合わせ場所に向かった。玲奈はすでに到着しており、こちらに向かって微笑みかける。

「今日はありがとう」

「いえ、こちらこそ、お待たせしてしまって」

「あら、まだ五分前よ。私が早く来すぎたの」

今日の玲奈はヒールのある靴に、タイトスカートを穿《は》いている。縦長のシルエットがとてもスタイリッシュだ。

「素敵なお召し物ですね」

「あら、あなたも可愛らしいわよ。フレアスカートのセットアップ、よく似合っているわ」

世間話をしながら店に入り、半個室になった席に座る。客席がそれほど多くないので、店内も静かで話しやすそうだ。

「ここは紅茶も美味しいのよ。種類も豊富で、ポットで提供してくれるの。私は季節のフレーバーティーにしようかしら」

「じゃあ私はダージリンで」

しばらくして注文品が届いてから、玲奈は思い詰めたように口を開いた。

「この前電話で、私と直樹が似てるって、言ってくれたでしょう?」

「はい」

「変に頑固なところだけ、私に似てしまったの。直樹の父親、茂はもっと柔軟で、人当たりのいい人だったのに」

玲奈の言葉に早紀子は驚く。暴力団の組員だと聞いていたから、取っつきにくい人だろうと勝手に思い込んでいたのだ。

「意外でしょう？　今思えばあの人は、極力敵を作らないように振る舞っていたんだと思うわ。誰にでも親切で優しかったけれど、心は開かなかった」

「出自を、気にされていたんでしょうか？」

「多分ね。どんな相手からも距離を取って、絶対懐《ふところ》に入られないようにしていたわ」

でも玲奈は違った、ということだろうか。なんとなく聞けずにいると、彼女は話を続ける。

「もちろん私にもそうだったのよ。私が諦めなかっただけ。どうしても、あの人の素顔が知りたかったから」

「それほど、愛してらっしゃったんですね」

早紀子の言葉を聞いて、玲奈はわずかに頬を染めた。

「ええ。私があんまり付きまとうから、ついにあの人のほうが根負けしてね。自分のことを話してくれたの」

「ご家族のことを、ですか？」

玲奈はうなずき、わずかに眉根を寄せる。

「茂は母親の顔を知らないのよ。物心ついたときには組長のお宅にいて、姐《あね》さんに世話をしてもらっていたそうよ」

「組長ということは、茂さんのお父さんはその、若頭とかだったんですか？」

「どうかしらね。でもかなり上の、幹部のような位置だったんだと思うわ。今の茂と同じく、フロント企業を任されていたそうだから」

直樹の祖父であれば、きっと優秀な人だっただろう。だからこそ大事にされ、その子どもである茂もまた、大学まで行かせてもらえたのだ。

裏社会においては、恐らく学歴はそれほど重要視されない。教育を受ける機会を与えられたのは、特別な期待を掛けられていたからだろう。

「茂は大学を卒業したら、組に恩を返すと言ったわ。つまり自分はいずれヤクザになる人間だから、もう近づくなってことなのよ」

そんな風に言われれば、早紀子なら怖じ気づいたと思う。誰だって、真っ当な生き方を捨てるには勇気がいる。

「それでも、愛せたんですか？　恐れはなかったですか？」

「もちろん怖かったわよ。近づいちゃいけない人だったんだと思った」

玲奈はそう答えてから、目を伏せて静かに続ける。

「でもあの人の孤独を、見ていられなかったの。日の当たる道を堂々と歩いていく学友たちに、なんの感情も抱かないでいられるわけはないから」

「玲奈さんは、お強いんですね」

早紀子の言葉を聞いて、玲奈は首を左右に振った。

「若かったのよ。本当に強かったら、家を捨てて茂についていったわ」

家を捨てる。玲奈の口から爆弾発言が飛び出て、早紀子は目を見開いた。

普通の家庭でも難しいのに、玲奈は小林商事のご令嬢なのだ。どれほど彼女が茂を愛していたかがわかった。

「あの人はそんなこと、望んでなかったけどね。私の頑固さをよく知ってたから、ホステスさんに頼んで、一芝居打ったくらい」

「芝居、ですか?」

「私を諦めさせるために、浮気しているふりをしたの。茂は私になんの弁明もせず、アメリカに行ってしまったわ。直樹の妊娠がわかったのは、その後のことよ」

なんという激動の人生だろう。よくそれで直樹を産もうと思えたものだ。早紀子が絶句していると、玲奈が微笑みながら続ける。

「産むかどうか迷っていたときに、偶然そのホステスさんに会ったの。俺と一緒にいたら、私が幸せになれないから、協力してくれって言われたそうよ。……不器用なの、あの人は」

「直樹さんは、今のお話をご存じなんですか？」

「全部話したわよ。直樹がアメリカに行ったのは、私が茂を悪く言えなかったからだと思う。あの人のいいところだけを、話してしまった」

玲奈がまだ茂を愛していたなら、無理もない。息子に父親への嫌悪感を抱かせたくなかったのだろう。

「ある程度は、仕方ないんじゃありませんか？　直樹さん自身、父親というものに、多かれ少なかれ憧れを抱いていたでしょうし」

「優しいのね」

ふふっと早紀子に笑いかけた後、玲奈は懐かしそうに続ける。

「あの人は私を随分叱ったわ。勝手に直樹を産んだことも、裏社会に近い場所へ飛び込ませたことも」

「では自分に息子がいると、知らなかったんですか？」

「あの人が渡米してからは、一度も連絡を取らなかったから。私の父もそれを許さなかったし。まぁ父自身は、茂の動向をずっと探らせていたみたいだけど」

では茂がどういう反応をするか、直樹には未知数だったはずだ。

それでも父親に会いたくて、単身アメリカへ飛んだ。おいそれと日本に帰れなかった、直樹の気持ちはよくわかる。

「直樹さんが渡米してからは、茂さんとの交流が再開したんですか？」

玲奈はその質問を、寂しげな顔で否定した。

「茂の組での立場は、昔よりずっと重くなってた。直樹のことはできる限り守ると約束してくれたけど、連絡はするなと言われて。父が危篤になるまで、電話一本メール一通していないわ」

早紀子は先日の車内での会話を、玲奈に話した。直樹の祖父に対する悔恨を、きちんと伝えておくべきだと思ったからだ。

「あの子の、考えそうなことだわ」

玲奈と直樹に共通する、頑固な性格。母子だからこそ、わかり合う部分があるのかもしれない。

「玲奈さんのお気持ちは、祐子さんからお聞きしましたが、ほかの取締役の方々はどう思われているんですか？　つまり、直樹さんが会社を継がれることを、です」

「皆が皆、賛成しているというわけではないわ。でも、父がその可能性を示唆していたから、表立って反対することはないでしょうね」

玲奈は紅茶のカップを取り上げ、優雅に口を付けた。

「なんだかんだ言って、父は直樹を認めていたのよ」

直樹の祖父は厳しい人だったと、皆が口を揃える。

それは恐らく経営に対しても同じだっただろうし、その上で直樹が社長に相応しいと考えていたなら、やはり彼は小林商事を継ぐ人なのだ。

「でしたら、私も直樹さんを応援したいと思います」

「本当に？　ありがとう。あなたの言葉なら、きっと直樹も聞いてくれると思うわ」

玲奈はとても喜んでいたが、早紀子の心は沈んでいた。直樹が小林商事の社長になるなら、彼の隣にいるのは自分ではないと思うからだ。

気落ちした早紀子がアパートに戻ると、自宅の扉の前で直樹が待っていた。

「直樹、どうして」

早紀子が驚いて声を掛けると、直樹は壁にもたれていた身体を起こし、彼女に近づいてくる。

「玲奈さんと、会ってたんだろ？」

「えぇ」

早紀子の答えが短かったことが、直樹には不満だったようだ。彼は彼女の腕を取って言った。

「どんな話をしたんだ？」

「ここで話すようなことじゃないわ」

「じゃあ早紀子の部屋で話そう。そのために待ってたんだ」

「……いいわ。少し待ってて」

直樹の手を解き、早紀子は部屋の鍵を開けた。軽く室内を片付けて、彼を招き入れる。

「コーヒーでいい？」

「あぁ、ありがとう」

早紀子は湯を沸かし、直樹に椅子をすすめる。彼は周囲を見回すこともなく、両手を組んで真剣な顔で腰掛けた。

「どうぞ」

コーヒーカップをテーブルに置くと、直樹は黙ってうなずいた。早紀子も彼の前に座り、口火を切った。

「玲奈さんは、茂さんのことを話してくれたわ。……私は直樹が小林商事を継ぐなら、応援したいとお伝えしたの」

「どうして？　小林商事の社長夫人は重すぎると、言ってただろ？」

直樹は落ち着き払っていた。早紀子の答えは予想できているはずなのに、堂々とされると答えにくい。

「私は、直樹が後悔するのを見たくないとも言ったわ。玲奈さんも、お祖父さんも望んでいることよ。直樹には継ぐ義務があると思う」

「それで、早紀子はどうするつもり？　身を引くなんて言わせないよ」

先手を打って直樹が言った。早紀子は言葉に詰まり、彼の顔を見られずにうつむいてしまう。

「早紀子は、俺を愛してないのか？」

直樹の声は穏やかだった。早紀子が否定すると、わかっているのだ。

「そんなこと、聞かないで」

精一杯の言葉を選ぶと、直樹は早紀子の手を取った。

「ほかに聞くべきことなんかないだろ。俺は早紀子しかいらない」

「直樹にはもっと相応しい人が」

「相応しいとか、相応しくないとか、誰が決めるんだ？　俺の結婚相手なんだから、俺以外に決める人間はいないよ」

直樹が手に力を込めた。ぬくもりと共に彼の愛が伝わってくるようで、早紀子の胸は苦しくなる。

「直樹が小林商事を継ぐなら、会社の意見というものがあるでしょう？」

「会社のためを思うなら、玲奈さんはどこかの御曹司と見合いでもしたよ。祖父はそのために、俺を祐子さんの息子として育ててたんだから」

玲奈にその気があれば、政略結婚させたということだろうか。もしそうなっていれば、直樹は名実共に、古川直樹として生きていたのかもしれない。

「玲奈さんは、ただひとつの愛に生きた。俺が同じ道を行くことを、彼女は止めないだろうし、止められたとして従うつもりもない」

ふたりはやはり、親子なのだと思う。

だからきっと、祐子が言ったことも真実だろう。直樹が早紀子を選んだとしても、玲奈は必ず祝福してくれるはずだ。

疑ってはいない。直樹の愛も、皆の祝福も。けれど。

「……自信がないの。私は本当に普通の人間なのよ」

「だから？　俺はそんなこと気にしない」

直樹は早紀子を肯定してくれるが、彼女は頭を振った。

「違うの、私は特別になりたいわけじゃない。今の自分に不満はないし、平凡な生活が送れれば十分なのよ」

「どんな人生にも波乱はあるだろ？　早紀子の言う平凡な生活を選べば、生涯安泰というわけじゃない」

早紀子の不安を見透かすような瞳。直樹の正しさがわかるから、彼女は反論できない。

「早紀子にとって、人生を大きく変える決断なのはわかってる。でも難しく考えないで欲しい。転職したって、環境は変わるんだから。たくさんの経営者と面談してきた君なら、社長夫人という新しい役職も全うできるはずだ」

直樹の言葉には、不思議な説得力があった。

これまでの経験や努力が、早紀子の力になってくれる。考えもしなかったけれど、彼女を何より勇気づけてくれたのは確かだ。

直樹と共に生きるとは、まるで別の人生を歩むことだと思っていた。しかしその道は彼女の過去と、ちゃんと繋がっている。

ほかの誰でもなく、愛する直樹が早紀子を信じ、特別な女性として、一緒に未来を築きたいと願ってくれている。

その強い気持ち以外に、一体何が必要だというのだろう？

「本当に、いいの？　私なんかで」

「最初からいいって、言ってるだろ？」

直樹はグイと手を引き、早紀子の唇に唇を重ねた。

きっと何があろうと、直樹は決めていた。モナコで過ごしたあの夜から。

ふたりは濡れた瞳でお互いを見つめ、黙って気持ちを確認する。直樹の決心が固いのを知り、早紀子は思い切って口を開いた。

「直樹に、つけてもらいたいものがあるの」

早紀子は直樹をその場に残し、チェストからベルベットの小箱を持ってきた。彼は顔をほころばせ、立ち上がってケースから指輪を取り上げる。

「俺と、結婚してくれますか？」

「はい……」

頬を染めてうなずくと、エンゲージリングの嵌まった早紀子の左手を、直樹が両手で包み込んだ。優しく、温かく、愛おしそうに。

「ありがとう」

渾身の想いが、その一言に凝縮されている。直樹は一途に、一直線に、走り続けてきたのだ。

溢れんばかりの情熱に突き動かされるように、直樹は早紀子を抱きしめた。必死で力加減を調節しているのが伝わってくる。

「お礼を言うのは私だわ。直樹は本当に、私たちの出会いを思い出にはしなかった。ちゃんと約束を守ってくれたのよ」

早紀子もまた直樹の身体を、強く抱きしめた。彼の覚悟を一度でも疑い、夢物語で終わらせようとした自分を恥じるように。

「どこか遠くへ、一緒に行かないか？」

「旅行、ってこと？」

軽くうなずいた直樹は、早紀子の耳元に唇を寄せて言った。

「本格的に忙しくなる前に、早紀子とゆっくり過ごしたいんだ」

小林商事を継ぐなら、きっとやることはたくさんある。直樹ならやり遂げられると思うけれど、ふたりの時間を取るのは難しくなるだろう。

「嬉しいわ。もう少し恋人期間を楽しみたいと思ってたの」

早紀子が微笑むと、直樹はちょっと面目なさそうにする。

「そうだな……。ごめん、なんか、俺の都合に振り回してばかりで」

「いいの、出会いからしてドラマチックだったんだもの。このくらい波瀾万丈なほうが、私たちらしいって思わない？」

「あぁ」

直樹は早紀子の肩を抱き、額を合わせて尋ねた。

「行きたいところはある？」

「温泉、とかかな？　場所はどこでもいいの。ふたりでのんびりしたいわ」

「俺もだ。早紀子を一日中離したくない。いっそ一週間くらい湯治《とうじ》でもしようか」

「それは無理よ。仕事もあるし」

早紀子はクスッと笑ってから、ふと監視されていたことを思い出す。あれから男は見ないが、数日家を空けることになるので心配になったのだ。

「どうかした？」

「ううん、なんでも」

「気になることがあるなら言ってくれ。早紀子の憂いは全部取り除きたいんだ」

直樹が真剣な顔をするので、大したことではないと思いつつも、先日の出来事を打ち明けた。

「例の、元彼かな？　誰か人を雇ったのかもしれない」

「え？　さすがにそれは」

ないだろうとは言えなかった。史郎には前科があるのだ。退職した今、どうしているかは知らないが、それがかえって恐ろしい。

早紀子が顔を曇らせると、直樹はしっかりと彼女を抱いて言った。

「早紀子は俺が守るから。何かあればいつでも連絡してきてくれ。すぐに駆けつける」

直樹ならきっとそうしてくれるだろう。彼の温かい腕に包まれていると、気がかりなことも消えていくようだった。

＊

旅行は関西屈指の名湯へ行くことになった。電車でのんびり移動して、温泉街をゆっくり散策するという定番の旅だ。

直樹はもっと豪華な旅行を考えてくれていたみたいだったけれど、それはモナコで存分に体験した。素朴で穏やかな旅行が早紀子の望みだった。

「うわぁ、素敵」

駅を降りると、もう温泉街の賑わいだった。県道沿いには昔ながらの風情を色濃く残す、土産物屋や飲食店が並んでいる。

街全体がひとつの旅館のようで、浴衣姿に下駄履きの宿泊客が、そこかしこに歩いている。古き良き湯治場の雰囲気が、正しく守られているのだ。

「いいね、これぞ日本って感じだ」

「まずは宿に行く？　私も直樹と浴衣で歩きたいわ」

「それもいいけど、ロープウェイに乗らないか？」

直樹にパンフレットを差し出され、早紀子は絶景の写真に色めき立つ。

「へぇ、こんな観光スポットがあるんだ。乗ってみたい！」

「よかった。じゃあ少し歩くけど、乗り場まで向かおう」

目的地までは駅から十五分ほどらしい。橋を渡って、柳並木を歩いて行くと、歌舞伎座をモデルにした建物が見えてくる。

「ここって、外湯？　お洒落な外観ね」

「中には家族風呂もあるらしいよ。また後で行ってみよう」

「楽しみだわ」

ようやくロープウェイ乗り場の看板が見えてきた。が、本当の乗り場はかなり階段を上がった先にある。

運転時刻は一時間に三本のようだ。チケットを買って、ロープウェイが動き出す時間を待つ間もわくわくする。

「それでは出発します」

早紀子たち以外に乗客は数人。ゴンドラは山間部をゆっくりと進み、雄大な川の流れと、日本海へ続く山々が眼前に広がりはじめる。

「綺麗……」

「美しい自然と街並みが、一度に見渡せるんだな。さすが有名な旅行ガイドで、星を獲得した景色だけあるよ」

山頂に着くと、可愛らしいカフェがあった。コーヒーと銘柄豚を使ったホットドッグを注文し、オープンスタイルのウッドテラスでいただく。

「うん、美味しい！　自家焙煎だけあって、本格的なコーヒーだわ。こんな眺めのいい場所で、のんびりカフェタイムを楽しめるなんて贅沢ね」

「あぁ。天気も良いし、最高だ」

直樹が早紀子に微笑みかけてくれ、お互いの気持ちが通じ合っているのを感じる。穏やかな距離感がとても心地いい。

「モナコの旅も良かったけど、ずっと時間に追われてる気がしてたから。ゆっくりできるのが嬉しいわ」

「俺もだよ。明日早紀子を帰しても、またいつだって会える」

それが普通の恋人同士というものだ。やっとそういう関係になれたことが、たまらなく幸せに感じられる。

「えぇ。未来があるって、素晴らしいことね」

「今日は思い切り時間を贅沢に使おう。外湯巡りをするのもいいし、土産物屋を回ってもいい。ロープウェイ乗り場の近くには、源泉を飲める施設もあるよ」

「直樹は以前も来たことあるの？」

「いや、初めてだよ。どうして？」

「この辺のこと、すごく詳しいから」

早紀子の言葉を聞いて、直樹は照れたようにそっぽを向く。

「つい、いろいろ調べてしまっただけだよ。早紀子と旅行できるのが、嬉しくて」

直樹がこの旅行を本当に楽しみにしてくれていたのが伝わってきて、胸が熱くなる。彼にとっても今が、宝物のような時間なのだ。

「ありがとう、私もすごく嬉しいわ」

「恋人と旅をするってこと自体、これが初めてだからね」

直樹の爆弾発言に、早紀子は目を丸くする。

「え、でも以前、いろんな女性に声を掛けてるみたいに」

「あのときはそうでも言わないと、連れ出せそうになかったから。ちゃんと付き合おうと思えた相手は、早紀子しかいないよ」

直樹にとって早紀子が、そこまで特別な人だとは思わなかった。彼はエスコートも上手だし、女性の扱いには手慣れているようだったからだ。

「生涯ただひとり、愛する人は早紀子だけだよ」

早紀子の耳元に唇を寄せ、直樹がささやく。彼女は真っ赤になり、思わず周囲の人影を確認してしまう。

「こんなところで言わないで」

「じゃあどこならいい？　ベッドの上？」

直樹が早紀子を見つめ、彼女の手を握る。抱き寄せられたわけでもないのに、心臓が高鳴り身体が熱くなってしまう。

「ダメよ、もぅ」

頬を染めてうつむく早紀子を、直樹は楽しそうに眺めて言った。

「じゃあそろそろ、宿に行こうか」


麓《ふもと》まで戻り、温泉街を散歩しながら、今日の宿泊先に向かう。

この辺りは江戸時代の創業という、由緒ある旅館も珍しくない。文人墨客《ぶんじんぼっかく》が逗留した、なんてエピソードも数多く残っているほどだ。

そんな中で直樹が選んでくれたのは、比較的新しい施設だった。外観は昔ながらの趣を残しているが、内装は上品で現代的な造りだ。

フロントには生け花が飾られ、上質なおもてなしの雰囲気が漂う。和の伝統を受け継いだ、歓迎の心が伝わってくるようだ。

「素敵な宿ね。日本庭園も美しいわ」

「気に入ってもらえてよかった。歴史情緒溢れる宿も候補にあったんだけど、ここだけにしかない施設が気に入ってね」

「どんな施設?」

早紀子が尋ねると、直樹は楽しげな様子で笑うだけだ。

「部屋に行ったらわかるよ」

案内されたのは、露天風呂付きのお部屋だった。

床の間のある広々とした和室には広縁があり、隣には和モダンのベッドルーム。切り子ガラスの照明から漏れた光が、漆喰仕上げの壁に拡散する。

隅々までこだわり尽くされた、心落ち着く空間。部屋全体に美意識が貫かれているのを感じる。

「わぁ、縁側の外にも出られるんだ」

中庭を望む露天風呂は檜《ひのき》で作られており、ふたりでは広すぎるほど。川のせせらぎを聞きながらの入浴は、一級の開放感がある。

「嘘、サウナまであるの?」

庭園に並ぶ飛び石の先には、プライベートサウナがあった。サウナハットとポンチョも用意され、外気浴ができるようにベンチまで備えられている。

「すごい、こんなお部屋初めて」

興奮冷めやらぬまま部屋に戻ると、直樹が早紀子を背中から抱きしめた。耳元に掛かる髪の毛を掻き上げ、首筋にキスをする。

「風呂に入ろう」

提案ではない。直樹の望みが感じられて、早紀子の身体が甘く疼く。

「う、ん」

お互いに言葉を発さず、脱衣所で服を脱いだ。浴場に入り、熱い湯を掛けてから、湯船につかる。

「ぁ」

檜の香りが漂う中で、直樹が早紀子の身体を包み込んだ。彼の逞《たくま》しい肉体が肌に絡みつくようで、頬が上気する。

「この瞬間を待ちわびてた。空港で別れたあの日からずっと」

狂おしく言葉が迸《ほとばし》り、直樹の腕に力が込められる。

「早紀子と再会することだけ考えて、生きてきたんだ」

会社に突然現れた直樹を思い出す。あの過激なキスが脳裏に浮かんで、早紀子は彼の背中に腕を回した。

「本当に会いに来てくれるなんて、思ってなかった」

「俺のこと、信じられなかった?」

早紀子は首を軽く左右に振り、直樹の胸に頭を埋める。

「すごく難しいことだって、わかってたから」

「うん。でもどうしても、もう一度この腕に早紀子を抱きたかった」

「そんなに想ってくれてたのに、どうして今日まで待ったの？」

直樹が日本に来てから、ふたりは何度も会っている。なのに一度も、彼が誘うことはなかった。

「早くしたかった？」

笑いながら直樹が言うので、早紀子はトンと彼の胸をついて身体を離す。

「違っ、そういうことじゃなくて」

「わかってるよ。俺が早紀子をどれだけ大切に思ってるか、伝えてからのほうがいいと思ったんだ」

初めて結ばれたあの夜も、直樹は早紀子の望まないことはしないと言った。

胸の奥に激情を秘めながら、想像を絶するほどの強靭な意志で、早紀子への欲望を抑え込んでいたのだ。

「今日は我慢しないけど」

直樹は再び早紀子を抱き寄せると、彼女の唇を奪った。湯よりも熱い舌先が、早紀子の中に入ってくる。

再会のときのような性急さはなく、じっくりと味わうような口づけだ。時間をかけてじりじりと、舌が搦《から》め捕《と》られていく。

「っ、ぁ」

直樹の指先が早紀子の肌に触れ、そっと胸元に手のひらを押しつけられる。ぞくんと震えが走り、身体をよじると彼の指先が柔らかい乳房に沈み込んだ。

「ぅん……や、ぁ」

「可愛い声。想像の何倍もいい」

キスをやめた直樹が、早紀子に微笑みかける。

「想像、してたの？」

「何百回も早紀子を抱いたよ。頭の中で」

さも当たり前みたいに言われて、早紀子は赤面する。

「そんな、恥ずかしいこと、言わないで」

「寂しさを紛らわせてたんだ。あとは絶対に早紀子と再会する、って自分に誓うためかな」

これまでおくびにも出さなかったけれど、直樹もまた不安と戦ってきたのかもしれない。

「早紀子はどう？　俺のこと、思い出したりした？」

「え、あ、それは時々」

「どんな風に？」

直樹が早紀子の手を取り、彼の唇に触れさせる。彼が答えを待っているので、彼女は顔を背けながらつぶやく。

「直樹の、ぬくもりとか、しなやかな肌とか。あとは、その、直樹とのキスはどんなだろうって」

「想像と、違った？」

さらに質問され、早紀子は困ってしまう。

「……激し、かった。想像よりずっと。直樹は全部、優しかったから」

「嫌だった？」

「そんなことない」

早紀子は急いで首を左右に振った。

「ドキドキしただけ。こんなに私を、求めてくれてたんだと思って」

「今も早紀子が欲しくて堪らないよ。なんならあのときより欲しい。このままここで繋がりたいくらいだ」

直樹の発言に驚き、早紀子は彼から離れた。

「やだ、もぅ、さっきのキスは、優しかったでしょう?」

「早紀子も自分も焦らしてるんだよ。一気に奪いたいけど、ここまで来るのに長くかかったから、時間をかけて味わいたいと思って」

真剣な顔をして言うことではなく、ただただ恥ずかしくてうつむいてしまう。直樹は立ち上がると、湯船から出て言った。

「でももう十分かな。早紀子はどう思う?」

委ねられているようで、直樹の答えは決まっている。早紀子もまた彼に続いて、浴場を出た。

直樹は早紀子の身体をバスタオルで包み込むと、ふわっと抱き上げベッドルームへ向かう。

「自分で歩ける、から」

「こうして運ぶほうが、気持ちが昂ぶるだろ?」

心臓の音が直樹に漏れ聞こえている気がして、早紀子は動揺する。彼が待ち望んでいたように、彼女も彼に焦がれていたのだ。

「さぁ着いた」

直樹が早紀子をベッドの上に下ろした。彼は彼女に覆いかぶさるようにして、こちらを見つめる。

「おかしいな、ずっと夢見てたはずなのに、ちょっと緊張してる」

赤い顔は、露天風呂で温まったからだけではないようだ。早紀子はそんな直樹が愛おしく、彼の頬にやんわりと触れる。

「私も、そうよ」

「早紀子は、待ってた？」

直樹の質問は直接的すぎて、早紀子は答えるのをためらう。しかし彼がどれだけ思ってくれているか知っているから、彼女も正直に言った。

「うん。……本当は再会してからも、ずっと待ってた。どうして、抱いてくれないのかな、って」

直樹がガバッと早紀子を抱きしめると、アハハと笑い出す。

「んだよ、だったら早く言ってくれたらいいのに。俺もう本気で、めちゃくちゃ我慢してたんだからさ」

「だって、そんなこと、恥ずかしくて言えないわ」

「でも、言ってくれたんだ？」

まだ笑顔のまま、直樹が早紀子を見つめる。自分の大胆な発言に、彼女は改めて照れてしまう。

「直樹が聞いたくせに」

「嬉しいよ、本当に嬉しいんだ」

直樹は早紀子のバスタオルを取り去った。熱を持った肌が重なり合い、お互いの鼓動の音が伝わってくる。

「今日はちゃんと、キスから始めよう」

ふたりの唇がゆっくりと重なった。直樹は先ほどとは違って、舌先を差し込んでこない。ついばむように唇の感触をただ楽しんでいる。

「ぁ、ん」

「早紀子の唇は、すごく柔らかくて、甘い」

まだ直樹は早紀子を焦らすつもりなのだろうか。彼の指先が密やかに触れるたび、全身が淫らに痺れる。

「ゃ、なお……き」

「何？」

楽しげな笑みを見れば、直樹が確信犯的にやっているのがわかる。早紀子は恥ずかしさに目をつむり、甘えた声でささやく。

「待ってたって、言ったのに」

直樹はひたと早紀子の肌に右手を置き、左手で自分の髪を掻き上げた。真剣な瞳が欲望に染まっている。

「そんな風に俺を煽《あお》って。後悔したって知らないよ？」

優しい愛撫が、突然激しくなった。直樹の舌先は暴れるように、早紀子の首筋を這っていく。

「早紀子、愛してる、愛してるよ」

「ぁ、私も愛してる直樹、あぁ」

今日だけは早紀子も恥じらいを捨てていた。長く待ち焦がれていたからこそ、直樹が欲しいという気持ちを、彼女も止めることができなかった。

第五章　誘拐　～Ｓｉｄｅ直樹～

早紀子との旅行は、本当に素晴らしかった。

サウナや食事、温泉、どれも楽しんだけれど、ほとんどの時間をベッドの上で過ごした気がする。普段は見られない、甘えた反応や嬌声に溺れ、早紀子を離すことができなかった。

早紀子は彼女の両親に挨拶することを了承してくれ、直樹が小林商事を継ぐならば、会社を辞めて支えたいとも言ってくれた。

ふたりの結婚を阻むものは、もう何もない。一緒に暮らせる日が来るのを、ただ待ち遠しく思っていればいいだけだった。

その朝、知らない番号から着信があるまでは――。

旅行から戻って以降、直樹は小林商事を継ぐ準備に奔走していた。経営状態の確認や今後の事業計画など、やるべきことはたくさんあった。

各所から頻繁に連絡が来ていたから、直樹はさほど気にもとめず、スマホを取り上げて電話に出た。

「もしもし」

「小林直樹か?」

聞いたことのない男の声だった。もし仕事相手ならば、さんくらいは付けるだろう。無礼な物言いに直樹は警戒心を強めた。

「そうですが、どちら様ですか」

「俺は、いや、名乗るつもりはない」

直樹は眉間にしわを寄せ、スマホを握り直す。

「悪戯でしたら、切りますよ」

「まぁ待てよ。仕事を頼みたいんだ。ある金を洗浄して欲しい。少々なら現金払いでなんとかなるが、ちと額がでかいんでね」

どこかデジャヴを感じる話だった。しかし資金洗浄は立派な違法行為。直樹は相手を諫《いさ》めるように答えた。

「逮捕されたくないなら、やめたほうがいいですよ」

「俺に説教する気か? んなこたわかってんだよ!」

男は声を荒らげ、電話口でまくし立てる。

「俺はお前に頼みたいんだよ。一回やってのけたんだから、もう一回やるくらいなんてことないだろ？」

直樹の背中を冷や汗が流れ落ちた。アメリカでの最後の仕事。心当たりはあったが、しらばくれて尋ねる。

「一回やってのけた、とは？」

「とぼける気か？　半年ほど前に、巨額の現金を輸送しただろう」

「あれはマネーロンダリングじゃありません。カジノの売上金を運んだだけで」

男は突然笑い出した。直樹を嘲《あざけ》るような、人をコケにした笑い方だ。

「お前馬鹿だろ？　そんな戯言《ざれごと》よく信じたな」

まだヒーヒー笑いながら、男は続ける。

「ありゃあ、闇社会で稼いだ金だよ。ちっと頭を働かせりゃ、まともな金じゃねぇことくらいわかるだろうが」

スマホを握る手が汗ばむ。鏡に映った顔を見れば、きっと真っ青だっただろう。

正しい金でないことは、薄々感じていた。

しかしまさか、正真正銘裏社界の金だとは思わなかった。税金逃れのために、売上げを誤魔化しているくらいのものだと――。

「別に難しい話じゃないだろ？　前みたいに、ペーパーカンパニーを作ってくれりゃあいい」

直樹が黙って聞いていると、男は勝手に画を描いて見せる。

「本当はチャーター機も使いたいが、そこまでの金銭的余裕がなくてな。今回はそのダミー会社から、多額の融資を受けてることにしてくれ。そうすれば、入金も返済扱いになる」

「お断りします。俺はもう退職したんですよ」

誤解のされようもないくらい、はっきりと言った。自分のしたことはショックだったが、今は後悔よりも今後の生き方を正すほうが先だ。

「そうか」

意外にも男はあっさりと言った。まるで直樹に断られることがわかっていたみたいだ。代わりに不快な嫌らしい声で尋ねる。

「そんな強がりが、いつまで続くかな？」

電話の向こうで物音がした。ベッドの上で抵抗するような、ギシギシガタガタといった音だ。

「おい、なんかしゃべれ」

「やめ、っ、離して……っ」

信じられない、まさか。

「早紀子？　早紀子なのか？」

「ええ、私よ」

憔悴《しょうすい》した、消え入るような早紀子の声。男の視線があるせいか、こちらに助けを求めることもできないようだ。

恐怖と焦りで頭がどうにかなりそうだった。その場をグルグルと動き回りながら、必死で冷静さを保とうとする。

「何があった？　状況は？　大丈夫なのか？」

「おやおや、声が震えてるぞ」

男の笑い混じりの声がして、自らの優位性を確認するように続ける。

「質問はひとつだけだ。つまらんこと聞いたら、女がどうなるか、わかるよな？」

直樹はギリッと下唇を噛み、最も知りたいことだけを尋ねた。

「身体は、大丈夫なのか？」

「ええ。酷いことは、何もされてない。ここにはお風呂もトイレもあるし、食事もさせてもらってる」

「おっと、そこまでだ」

男が早紀子から電話を奪い取ったらしい。余計なことを言われたら困ると思ったのだろう。

「聞いた通りだ。今は丁重に扱ってる。今は、な。傷でも付けて、人質としての価値を下げたくないんでね」

頭にカッと血が上《のぼ》った。恐れとも怒りともつかない感情が溢れ出し、気がついたら電話口に向かって大声を出していた。

「早紀子に指一本でも触れてみろ！　お前を絶対に許さないし、そのときは命がないと思え」

「おぉ、怖い。さっきまでの落ち着きはどうした？　ん？」

からかうような言葉の後で、男はゾッとするほど冷たい声で言った。

「わかってねぇようだから、教えてやる」

男はタバコに火をつけたらしい。もったいつけてすぅと息を吸い、美味そうに吐き出す音がする。

「俺が決めるんだよ。お嬢さんをソープに沈めるか、若頭の情婦にするか、外国に売り飛ばすかをな」

腸《はらわた》が煮えくり返り、頭は怒りで沸騰しそうだった。

しかし平常心を失えば、それこそ男の思うつぼだ。直樹は浅い呼吸を繰り返しながら、どうにか一言だけ口にする。

「しばらく、時間をくれ」

「だから条件を出すのは、お前じゃ」

「俺はもう会社を辞めてる。引き受けるにしても、古巣の助けがいるんだよ。俺だけの判断で安請け合いしていいなら、それでもいいが？」

男の言葉を遮って直樹は言った。意識して、できるだけゆっくりと。

考え込んでいるのか、男はしばらく無言だった。急かしたい気持ちを抑え、直樹は辛抱強く返答を待つ。

「まぁ、いいだろう」

渋々といった調子で男が言った。直樹はホッとしたが、男はすぐに「一日だけだぞ」と付け加える。

「それ以上は待たんし、お嬢さんの安全も保証しない」

「わかった」

「明日また、この番号に連絡する」

そこで電話は切れた。直樹はすぐにアランのスマホに電話を掛ける。

「俺だ、直樹だ」

アランが通話ボタンを押した途端、直樹は弾丸のように英語で話しはじめた。

「そっちに最近、俺への依頼があったか？　俺の最後の仕事に関わることだ。もしあったなら、依頼主の連絡先を教えて欲しい」

「ちょ、待てって、落ち着けよ」

懐かしいアランの声が聞こえ、張り詰めていた気持ちがわずかに緩んだ。直樹はスマホを握りしめ、先ほどの着信からのやりとりを話して聞かせる。

「なるほど、な。確かにナオキへの問い合わせはあった。もう退職したって言っても、しつこくてな」

「最後の仕事は、そんな噂になってたのか？」

「まぁ、あちこちで断られてた案件だからな。そりゃ成功したら、界隈《かいわい》で話題にもなるだろ。ナオキが有能だ、ってな」

アランは褒めたつもりらしいが、直樹にとってはいい迷惑だ。

「俺はもう、そっちの仕事はしない」

「わかってるよ。けど向こうは、そうは思っちゃくれない」

あまりにもっともな反論をされて、直樹は黙る。いくら彼が足を洗ったと言っても、それは自分でそう宣言しているだけだ。

　これまでしてきたことが、消えてなくなるわけじゃない。

「今回に限っちゃ、向こうも大概だけどな。堅気の女を拉致するなんて、ヤクザの風上にもおけない」

　直樹が黙り込んでしまったからか、アランがフォローするように続ける。

「とりあえず例の現金輸送の依頼主には、連絡取ってみるよ。その男に心当たりがないか聞いてみる」

「……ありがとう、助かるよ」

　過去を清算した気になっていたのは、直樹だけだった。自分の浅はかさが嫌になるし、目算の甘さにも腹が立つ。

　しかし落ち込んではいられないのだ。こうしている間にも、早紀子の身は危険に晒されている。一日待つという男の言葉も、どこまで信じられるかわからない。

「俺は早紀子の足取りを追ってみる。何か手がかりが見つかるかもしれない」

「わかった。気を確かにな」

「あぁ、ありがとう」

　直樹は再度礼を言い通話を終えた。アランから連絡があるまで、ここでじっとしているわけにはいかない。

直樹はすぐに身支度を済ませ、部屋を後にしたのだった。


まずは早紀子の家に行ってみることにした。

今更後悔しても遅いが、誰かに見られている気がすると聞いていたのだから、早紀子が拒んでも職場への送迎をするべきだった。

気のせいかもしれないし、目立つからと早紀子は断ったが、本当は直樹に負担を掛けまいとしたのだろう。

早紀子の奥ゆかしさは知っていたのに、直樹は守りの手をゆるめてしまった。そんな自分が許せず、悔しさで手が震える。

昨晩は早紀子からメールをもらっていた。仕事を終えたという、何気ない内容のもので、直樹は特に異変は感じなかった。

恐らくメールを送信後、早紀子は連れ去られたのだろう。

職場のある大きな駅は目立つだろうし、最寄り駅から帰宅途中のどこかで、という可能性が最も高い。

直樹はホテルのフロントで、レンタカーの配車を頼んだ。待っている間に、早紀子のスマホに電話を掛けてみる。

しかし呼び出し音は鳴らず、電波の届かない場所にいるか、電源が入っていないという、型通りのアナウンスが流れるだけ。

男が早紀子からスマホを没収して、電源を切ったのだろう。やはり終業後に待ち伏せされていた、と考えるのが自然だ。

「準備が整いました」

係の者が近づいてきて、直樹に車のキーを渡してくれる。

「ありがとう」

直樹は逸《はや》る気持ちを抑えながら、車が待つエントランスへ向かったのだった。


早紀子のアパートに行く途中、念のためATMで現金を下ろしておいた。何があるかわからない以上、持ち合わせはあったほうがいい。

アパートに着いてからは、すぐに郵便受けを確認した。予想通り、配達物は回収されていない。昨晩からこちらには戻っていないのだろう。

二階にある早紀子の部屋にも行ってみたが、鍵がこじ開けられた様子もなく、家に押し入られたわけではなさそうだ。

男は人質としての価値の話をしていた。それがわかっているなら、早紀子に手荒な真似はしない、と思いたい。

一体早紀子はどこにいるのだろう?

こんなことになったのは、すべて直樹のせいだ。

仕事を辞め、日本に来て、早紀子と一緒に新たな道を歩む。直樹が描いていた夢は、結局独りよがりだったのだろう。

過去に直樹がしてきたことは、犯罪そのものだった。どこかでそれを疑いながら、気づかないふりをして、彼は悪に手を染めてきたのだ。

これは自分だけ幸せになろうとした、罰なのかもしれない。

ふいにスマホが鳴った。慌ててポケットから取り出すと、アランだった。

「もしもし」

「ナオキか? 例の客に電話したら、金の洗浄に困ってた知り合いに、ナオキの話をしたらしい。客にしたら、親切のつもりだったみたいだ」

顧客が増えるのは、本来会社にとってはいいことだ。しかし今回に限っては、ただのありがた迷惑でしかない。

「知り合いっていうのは、日本人なのか?」

「あぁ。社長が日本人ってことも、うちに話が来た理由みたいだ。詳しいことは例の客も知らないようだったが、特殊詐欺グループの関係者だろうってさ」

特殊詐欺……。つまり男の言ったある金とは、高齢者から騙し取った金、ということだ。直樹は嫌悪感をあらわにしながら言った。

「依頼するのは勝手だが、早紀子を誘拐するなんてめちゃくちゃだ」

「それは俺も言ってやったよ。堅気の女を巻き込んでるって」

「そしたら?」

「客がその知り合いとやらに、慌てて連絡を取ってくれたよ。どうもグループ末端の誰かが先走ったみたいだな」

あくまで自分の指示ではない、ということだろうか。しかし命令するだけ命令して、面倒なことになったら部下に押しつける、なんてどの世界でもよくあることだ。

「じゃあ男の目星はついてるのか?」

「あぁ。そいつが女連れて潜伏《せんぷく》しそうな場所を、ピックアップしてくれた。車のナンバーと一緒に、メールで送るよ」

「ありがとう、礼はいずれ必ずするから」

「はは、そんな気を遣わなくていいよ。彼女の無事を祈ってる」

電話が切れると、すぐにアランから添付ファイル付きのメールが届いた。言わなくても地図を用意してくれるあたり、本当に彼は有能だ。

直樹は幾つかの候補から、ほど近いラブホテルに目星を付けた。

お風呂もトイレもあるならトランクルームや倉庫ではないし、最寄り駅から自宅の間で攫《さら》われたのだとしたら、ここからそう遠くない場所だと思ったからだ。

道中で結束バンドを購入し、目的の場所に向かう。大手ラブホテルチェーンのような派手さもなく、女性を監禁するには良さそうなところだった。

直樹が店に入ると、フロントに人がいた。スマホを取り出し、早紀子の写真を見せながら尋ねる。

「すみません、この女性来てませんか？　昨日の夜入って、まだ出てきてないと思うんですけど」

「どれどれ？」

フロントにいたのは気の好さそうなおばさんだった。平日の昼間で暇なせいか、老眼鏡を掛けながらしげしげとスマホを見つめる。

「こっちでお客さんの顔は確認しませんのでねぇ。ただ、昨日からチェックアウトしてないのは、一組だけですよ」

「その客は車で来てますよね？　ナンバーわかりますか？」

「あなた、なんなの？　そのお客さんとどういう関係？」

先ほどまで愛想がよかったおばさんだが、急に態度を硬化させた。ペラペラしゃべりすぎたと、後悔したのかもしれない。

「実は俺、探偵なんですよ。さっき見せた女性を探すよう、家族から依頼を受けてまして」

「そう言われても、勝手にお客さんのことを話すわけにはいきませんよ」

「じゃあこちらが車のナンバーを言いますので、同じかどうかだけ教えてくれませんか？　違えば大人しく帰りますから」

おばさんは難色を示していたが、いつまでも居座られては困ると思ったのだろう。渋々といった様子で了承する。

「確認するだけですよ」

「ありがとうございます」

直樹が番号を渡すと、おばさんは車両スタッフの人に尋ねてくれる。会話を終えた彼女は、興奮気味に言った。

「同じだったわ。探してる人、ここにいるのかもね」

「どの部屋ですか？」

直樹は逸る気持ちを抑え切れず、まくし立てるように続ける。

「今から行っていいですか？　近くの客室でトラブルがあったと言えば、それほど警戒されないと思うんですが」

「ちょ、ちょっと待って。そんな許可、私には勝手に出せないから」

おばさんは慌てて立ち上がり、誰かにお伺《うかが》いを立てに行った。しばらくすると、脇のドアからオーナーらしきおじさんが出てくる。

「もめ事は困るんだが」

怒っているわけではない。ただ面倒事を避けたいだけのようだ。

「お願いします。万が一客室の備品や設備が損傷するようなことがあれば、弁償させていただきますから」

直樹は深く頭を下げ、先ほど下ろした現金を封筒ごと渡した。オーナーは封筒の中身を確認し、困惑しつつも表情を緩める。

「ま、まぁいいだろう。あまり騒がないでくれよ」

「はい。ありがとうございます！」

直樹は部屋番号を聞くと、マスクをしてエレベーターに乗った。目的の階を押し、緊張しながら部屋に向かう。

インターホンを押すと、男の声で応答があった。電話口で聞いた声だ。

「実は真上の客室で水漏れトラブルがありまして。こちらに被害が出ていないか、確認させていただきたいのですが」

「今しなきゃならんのか?」

「申し訳ありません。緊急を要しまして」

直樹が平身低頭頼むと、男は仕方なく「わかった」と扉を開けた。

「さっさとしてくれよ」

見たことのない男だった。目がぎょろぎょろとした、痩せぎすの身体。いかにも小物というか、ただのチンピラに見える。

「失礼致します」

直樹が部屋の中に入ると、パンツスーツを着た早紀子が、驚いて椅子から立ち上がった。目元だけで、彼だと気づいたのだろう。

無事、だった——。

すぐにでも駆け寄りたかったけれど、必死で気持ちを抑え早紀子に目配せした。彼女は言葉を発さず、もう一度ガタンと椅子に腰掛ける。

「で、どこを見るんだ？」

「風呂場のほうを確認させていただければ」

「そうか。手早く頼むぞ」

興味もなさそうに答えた男は、こちらに無防備な背中を向けた。直樹はその機を逃さず、さっと結束バンドを取り出して後ろ手に縛り上げる。

「なっ？」

あまりにも一瞬の出来事で、男は為《な》す術《すべ》もなく床に転んだ。直樹は男の腰にぶら下がっていたナイフを抜くと、首元に突きつけて言った。

「随分なこと、してくれたな。ただで済むと思うなよ？」

完全に形勢が逆転し、男は怯えた瞳で直樹を見る。

「お前、は」

「仕事を依頼した男の顔も知らないのか？　よくそれで人の女が攫えたもんだ」

ナイフをひたひたと肌に付けると、男は震え上がる。電話口での威勢の良さは、今では全く感じられない。

「な、なんで、ここが……」

「お前のボスが教えてくれたんだよ」

「ボスが？　まさか」

「俺の仲間が連絡を取ってくれたんだよ。ボスは相当ご立腹だったらしいぞ。堅気の女に手を出したんじゃ、当たり前だが」

「俺は何もしてねぇ！」

男はこれまでで一番の大声を上げ、懇願するように早紀子を見た。

「おい、お前からも言ってくれ！」

「その人の言うことは、嘘じゃないわ。身体には、触れられてない」

早紀子の言葉を聞き、男はほら見ろと言わんばかりに、愛想笑いをした。直樹は内心安堵していたが、厳しい表情を崩さない。

「だからどうした？　お前のしたことが許されるとでも？」

「俺は！　ただボスの手助けをしたかっただけだ！　怒らせるつもりなんて全然」

男は自分の心配より、ボスのことが気になるようだ。アランの言った通り、独断専行だったのかもしれない。

「そんなにボスが大事なら、勝手なことしないほうが良かったんじゃないか？」

「うるせー！　お前に何がわかる？」

直樹を睨む男は、今にも泣き出しそうな顔をしている。

「俺は頭も悪いし、腕っ節も弱くて、どっかの路上で野垂れ死んでるのがお似合いなんだよ。それでもボスは可愛がってくれたんだ、こんなクソみたいな俺を」

項垂れる男を見ていると、怒りが急速に冷めていくのがわかった。

結局どんな組織に属そうと、皆が皆食っていけるわけじゃない。各人の器量に左右され、のし上がれる者もそうでない者もいる。

この男は間違いなく後者だろう。特殊詐欺グループの末端にいて、ただこき使われるだけの存在だったとしても、ボスを崇《あが》め尊敬している。

「役に立ちたいんだ……。ボスは俺の、命の恩人だから」

正直哀れを催すが、男の生き方を否定することはできなかった。

蔑《さげす》まれ疎んじられる人生の中で、初めて必要とされれば、親愛の情が生まれたっておかしくはない。唯一ボスだけが手を差し伸べてくれたなら、恩義を感じるのは当たり前のように思える。

茂にも、そういう過去があったのかもしれない。

どんな悪事に手を染めようとも、親分の役に立てれば正義。愛する女と生きるよりも、仁義を守る道を選んだのだ。

「だったらボスには、自分で言い訳すればいい。俺たちは帰るよ」

直樹はナイフをケースに戻して立ち上がった。

「許して、くれるのか？」

「二度と俺に関わらないなら、処分はボスに任せる。こっちからお前を迎えに来るよう、連絡しとくよ。そのほうがお前には堪《こた》えるだろ？」

男は顔を歪めた。ボスから叱責されるのがわかっているからだろう。

これ以上大事にする気はなかったが、茂に連絡して事後処理の相談だけはしなければならない。本当は頼りたくないけれど、早紀子の安全には代えられなかった。

「じゃあな。もう堅気に迷惑かけるようなことはするなよ」

直樹が振り返ると、早紀子が青い顔をしてこちらを見ている。

ナイフで脅す姿を目の当たりにしたのだから、当然かもしれない。どれほど早紀子を怖がらせたか、痛いほどわかった。

「行こう」

直樹が手を差し出すと、早紀子は震えながらもその手を取ってくれた。彼は彼女の手をぎゅっと握り、ホテルの部屋を後にしたのだった。

第六章　幸せな結婚

男に腕を掴まれ、車に連れ込まれたのは、一瞬の出来事だった。叫び声を上げる間もなく、口にハンカチを押し込まれる。

正直人生が終わったと思った。このまま気を失うのだろうと覚悟していたが、早紀子の意識はなぜかはっきりしたまま。

「静かにしてろ。危害を加えるつもりはない」

男の言葉を全面的に信じたわけではないが、いつか見た映画やドラマのように、薬品を嗅がされなかっただけ安心できた。

早紀子がコクコクうなずくと、男は彼女を縛り後部座席に転がした。自分は運転席に座り、振り返りもせずに車を走らせる。

「悪いが今から一緒に来てもらう」

そうして向かった先が、あのラブホテルだったというわけだ。

捕まったのが昨日の二十時前後だから、直樹が助けに来てくれるまで一日も経っていない。それでも早紀子の疲労はピークに達していた。

直樹に駆け寄り、抱きつき、「怖かった」と泣き叫ぶこともできないほどに。

「助けてくれて、ありがとう」

やっと早紀子が口を開いたのは、直樹の運転する車に乗り込んでから。彼は痛ましい表情で吐き捨てる。

「お礼なんて、言わなくていい。俺が全部悪いんだ」

電話口でのふたりの会話から、早紀子が狙われたのは、直樹の前職に関係しているのだろうと察しはついていた。

やはり足を洗うというのは、そう簡単なことではない。直樹の周囲には、まだまだ彼に仕事をさせたい人間がいるのだろう。

それだけ直樹が優秀なのだと思うが、自分を責める彼を見るのは辛かった。

直樹は悲愴な顔をして運転を続け、滞在先のホテルに到着してからフロントでレンタカーのキーを返す間も、決して早紀子を離さなかった。

ずっと早紀子を傍《かたわ》らに立たせ、何度も振り返る。もう何も起きないと思うけれど、直樹は不安で堪らないのだろう。

部屋に入った途端、直樹は早紀子を抱きしめた。

「ごめん」

直樹のぬくもりが伝わってきて、早紀子もようやく安堵する。彼女の中の恐怖が消え去り、心が落ち着くのを感じた。

「私は、大丈夫。シャワー浴びて、いいかな？　昨日はお風呂に入れなかったから」

「あぁもちろんだ」

直樹は慌てて早紀子を解放し、彼女をバスルームに案内する。

「着替えもタオルもそこにあるから、自由に使ってくれていい」

「ありがとう」

早紀子は直樹が出ていくのを確認してから、大きなため息をついた。

本当に長い夜だった。男のほうはホテルに着くなり風呂に入り、勝手に晩酌して、さっさとベッドで寝てしまったが、早紀子はまんじりともできなかった。

警戒心を緩めたが最後、襲われるかもしれないと思っていたからだ。

しかし結果だけ見れば、男は本当に早紀子をどうこうする気はなかったらしい。朝になってから、職場へ欠勤のメールまでさせてくれたくらいだ。

ただ直樹はそんな経緯を知らない。

氷のように冷たい瞳をして、男をナイフで脅した直樹は、早紀子の知らない彼だった。堂に入った姿は正直怖かったし、怯えもした。

しかし同時に、直樹の深い愛も知ったのだ。それほどまでに激昂《げっこう》するほど、彼は早紀子を大切に思ってくれている。

直樹の気持ちは知っているつもりだったけれど、早紀子が考えているよりもずっと、それは激しく強いものだった。

愛されるという言葉では、きっと足りない。直樹の情熱的な愛が、早紀子は純粋に嬉しかった。当然彼を責めるつもりはないし、恨んでもいない。

でも今は本当に疲れていた。早紀子がすべきことは、直樹と話すことではなく、まずは休息を取ることだろう。

早紀子は昨日から着っぱなしの服を脱ぎ、シャワールームに入った。身体を洗い化粧を落とし、自分が清められていくのが心地いい。

ホテル備え付けのナイトウェアに着替え、さっぱりした気持ちでシャワールームを出ると、直樹がミネラルウォーターを手渡してくれる。

「これを飲んだら、少しベッドで休むといい。昨日は眠れなかっただろ？」

直樹の気遣いが嬉しく、早紀子はペットボトルを受け取って微笑む。

「そうね、ありがとう」

こういうとき、いつもなら直樹も笑いかけてくれる。でも今日は彼の顔は強張っていて、今ここに無事早紀子がいても、自分を許せないのだとわかる。

何か声を掛けたかったけれど、相応しい言葉が見つからなかった。早紀子の頭は睡眠不足で、まだうまく働かないのだ。

早紀子は仕方なくもう一度笑顔を作り、直樹の手を軽く握ってからベッドルームに向かったのだった。

＊

どのくらい眠っていたのだろう。目覚めたら外はもう真っ暗だった。早紀子は驚いてベッドから起き出し、寝室のドアを開けるなり尋ねた。

「今、何時？」

デスクでノートＰＣを開いていた直樹は、顔を上げて答えた。

「七時過ぎだよ」

「もうそんな？　ごめんなさい」

「あんなことがあったんだから、疲れていて当然だよ。身体はもういいの？」

「ええ。ぐっすり眠れたから」

早紀子の答えを聞いて、直樹は幾分ホッとしたようだった。気遣わしげな瞳でこちらを見ながら尋ねてくれる。

「お腹減ってない？　ルームサービスでも取ろうか？」

言われてみれば昨日の夜から何も食べてない。不安と恐怖で食欲などなく、食事したいとも思わなかったのだ。

「ありがとう。じゃあ温かいうどんとかがいいな」

「それだけでいいの？　ステーキやうな重なんかもあるよ？」

「久しぶりの食事だし、食べ慣れたものが欲しくて」

早紀子は何気なく言っただけだったが、直樹は顔を歪めた。彼女をそんな状況に追い込んだ自分を、責めているのかもしれない。

直樹は眉間にしわを寄せたまま、無理に口角を上げて言った。

「わかった。じゃあ俺はにぎり寿司にするから、もし物足りなければ少し食べるといいよ」

「うん、ルームサービスなんて初めてだから、楽しみだわ」

もう自分は大丈夫だと伝えるために早紀子は微笑んだけれど、直樹はこちらを見てくれることもなく、電話を取って注文を伝える。

「しばらくかかるから、それまで寛いでいて」

「直樹は」

「俺はこれから、オンライン会議があってね」

早紀子の言葉を遮るように、直樹が言った。まるで彼女と会話したくないかのようで、彼が責任を感じているのが痛いほどわかる。

仕事の邪魔をするわけにはいかず、手持ち無沙汰のままソファに座ると、しばらくして本当に会議が始まった。

早紀子を避ける口実、というわけではなかったらしい。

話し合われていたのは、社内コンペで募集した事業アイデアを、どう形にするかということのようだった。

直樹はまだ日本に来て間もないのに、もう大きなプロジェクトに携わっている。商社と金融で業界が違っていても、業務の本質を理解しているから、すんなり新しい仕事に対応できるのだろう。

ディスプレイを見つめる直樹の横顔は、とても凜々しく痺れるほど格好よかった。

直樹が有能な社長になるのは間違いない。ふたりの未来を阻むものは何もなく、来週にも結婚指輪を見に行っていただろう。

今回のことさえ、なければ——。

早紀子は無事解放されたが、以前とはやはり状況が違う。またこんなことが起こらないとも限らないし、完全に危機が去ったわけでもない。

しかし一番変わってしまったのは直樹、なのだ。

再会してからの直樹は自信に満ち溢れ、将来への期待に胸を膨らませていた。いっぺんの曇りもない人生を、早紀子とふたりで歩くと誓ってくれた。

今、直樹の気持ちが揺らいでいるのがわかる。早紀子を危険に晒したくないから、彼女を心底愛しているからだ。

攫われるなんて初めてだし、もちろん怖かった。この先恐怖が蘇ることだってあるかもしれない。それでも驚くほど早紀子の覚悟は決まっていた。

以前よりもずっと強く、直樹と生きていきたいと思っている。

むしろ再会当初こそ、戸惑っていた。直樹のプロポーズは性急にすぎると思えたからだ。

一緒に過ごした時間も短すぎたし、お互いのこともよく知らなかった。直樹の気持ちは嬉しかったけれど、簡単に決断はできなかった。

早紀子を絶対的に決心させたのは、一晩続いた恐怖そのものだった。

直樹の過去を目の当たりにして、空想でしかなかったことを、現実に体験したのが大きかった。

すんなり救出されたから言えることだとは、わかっている。直樹の素早い対処のおかげであり、いつもこううまくいくとは限らない。

ただ直樹は必ず助けに来てくれる。それだけは間違いなく信じられるのだ。

電話口で恫喝《どうかつ》する直樹、ナイフで脅す直樹。普段見せない姿が新鮮だったし、彼の抱えているものを垣間見られて嬉しいとさえ思った。

早紀子は直樹を恐れてもいなければ、失望もしていない。

改めて考えると、直樹の過去を必要以上に忌避していたのは、早紀子のほうだった。

想像がつかないからこそ、余計に彼の闇を深く強大に感じていた。

直樹にまつわる暗い現実を、彼自身が早紀子に見せまいとしていたのもあるだろう。

それは優しさには違いないが、目に見えないからこそ恐怖してしまう。

人は夢想によって、ありもしない惨事を思い描いてしまうものだから——。

ピンポーン。

チャイムが鳴った。ルームサービスが到着したのだ。

「失礼致します」

係の人が入室し、完璧に食卓をしつらえてくれる。ものの数分で注文品がテーブルの上に並んだ。

「じゃあ食べようか」

直樹が食事を促してくれ、早紀子はうなずいてソファから立ち上がった。椅子に腰掛け、手を合わせてから丼の蓋を取る。

「え、これ鴨肉？」

「ここでうどんっていうと、鴨南蛮なんだよ。熱いうちにどうぞ」

さすが高級ホテルは、きつねうどんなんてないんだなと妙に感心しながら、竹製の杓子を取ってお出汁を飲む。

「鴨の濃厚な脂が溶け込んで、上品な味……」

早紀子は食欲を思い出したかのように、うどんを食べはじめた。直樹はそんな彼女を安堵したように眺めている。

結局うどんはつゆまで飲み干し、直樹にすすめられるまま、お寿司も半分ほどいただいてしまった。

早紀子は静かに両手を合わせ、大満足でつぶやく。

「ご馳走様。本当に美味しかったわ」

「喜んでもらえてよかったよ」

直樹はこちらに向かって、にっこり笑いかけたが、すぐに真面目な顔をする。

「早紀子、話があるんだ」

「別れようとか、そういうこと？」

早紀子が直樹の言葉を先取りしたからか、彼は面食らっている。彼女の心臓は激しく打ち、呼吸も浅くなっていたけれど、断じて彼から目は離さない。

直樹を受け入れると、決めたのだ。彼と幸せになれると信じている。

たとえ危険や困難があっても、直樹となら必ず乗り越えられる。現実を知ったからこそ迷いが捨てられ、彼との愛に生きる覚悟ができた。

直樹を生涯愛していけると、今の早紀子は自信を持って言える。

「プロポーズしてくれたのは、直樹よ」

直樹は切なげに目を細め、しばらく考え込んでから、軽く首を左右に振った。まるで何かを諦めるかのように。

「事情が、変わったんだ」

「何も変わってなんかないわ」

早紀子は即座に答え、すっと椅子から立ち上がった。直樹の隣に立ち、彼の手を取る。

「私は直樹を愛してるし、直樹だって私を愛してる。そうでしょう?」

「俺は」

直樹は早紀子から目をそらし、絞り出すような声で言った。

「もう愛していない」

「そんな嘘つかないで」

「嘘じゃな」

早紀子は直樹の言葉を聞いていられず、彼の唇を奪っていた。自分からキスするなんて、初めてのことだ。

緊張で唇が震えていたけれど、直樹の唇はもっと震えていた。彼が気持ちを押し殺しているのを感じて、早紀子は舌先で彼の閉ざされた唇をこじ開ける。

「っ」

直樹の困惑した声が漏れ、早紀子は自分のはしたなさに驚きながらも、彼の舌を探り当てる。

「ぁ」

早紀子は直樹の頬を両手で包み込み、必死に口づけを続けた。この愛を拒むことなど、できるはずがないと彼に教えるために。

「ぅ、ん」

直樹が早紀子の手を取り、唇は触れ合ったまま立ち上がった。ずっとされるがままだった彼が、彼女の身体を掻き抱き唇を貪りはじめる。

「ゃ、あぁ、んんぅ」

乱暴なまでに激しく、直樹の舌が口腔で暴れ回る。早紀子は息もできないくらいで、彼の激しいキスに頭がクラクラしてくる。

「っ、ゃめ、ぁ」

早紀子の言葉は聞こえているはずだが、直樹は制止を聞き入れるつもりはないみたいだ。彼の大きな手が胸元や腰をまさぐり、舌先が何度も歯列や唇を嘗《な》める。甘い疼痛《とうつう》が全身を駆け巡り、早紀子の官能を暴き立てた。彼女は堪らずに直樹の背中に腕を回す。そうでもしないと、もう立っていられないのだ。

直樹は早紀子を抱きかかえ、寝室に向かった。彼女と共にベッドに倒れ込むと、首筋に舌を這わせはじめる。

早紀子は直樹の首にしがみつくようにして、彼の耳に唇を近づけた。

「何も言わずに抱いて。お願い」

直樹はビクッと身体を震わせたが、キスをやめることはなかった。着ていたシャツを手早く脱ぎ捨て、早紀子のナイトウェアをはだけさせる。

「あ、ぁぁ」

直樹は早紀子の願い通り、無言で彼女を求めはじめた。キスも愛撫も、これまでとは比べものにならないほど激しい。

直樹の全身から迸る熱気と、殺気立つような野性に翻弄されながら、彼の無垢な欲望を堪らなく愛おしく思うのだった。


過激なほど求め合った後、早紀子は直樹の胸に顔を埋めていた。彼は彼女の頭を優しく撫でながらつぶやく。

「いつもの早紀子らしくないのは、俺のせい？」

自己嫌悪するみたいに直樹が尋ねた。早紀子は頭を上げ、彼の目を見て言った。

「嫌だった？」

「嫌なわけない。早紀子をあんな目に遭わせた俺がこんな」

「直樹のせいじゃないわ」

「俺のせいだよ」

直樹は弁解も弁明もする気はないみたいだった。

「俺なんかと関わらなきゃ、早紀子が攫われることなんてなかった」

男と直樹の間で何があったか、詳しいことはわからない。断片的な会話から、仕事の依頼を受けるか否かでもめていたのだろうと類推するだけだ。

「直樹は以前の仕事を、もう辞めたのよ。これは逆恨みみたいなことでしょう？」

早紀子が取りなすと、直樹は彼女から身体を離して言った。

「振り切っても振り切っても、過去が追いかけてくる。俺には早紀子を幸せにする資格なんてないんだ」

「そんなこと」

「俺は早紀子が大事なんだよ。もしまた君に何かあったら、俺は二度と自分を許せない。別れることが君のためなんだ」

だから「もう愛してない」なんて、嘘をついたのだろうか。直樹の不器用な優しさが辛くて、早紀子は彼の胸に頬を寄せる。

「本当に私のためを思うなら、一緒にいて」

「早紀子、俺は」

「どんなに離れていても、私は直樹を想い続けるわ。あなたは違うの？」

直樹は早紀子の頬に触れ、壊れ物を扱うように撫でた。答えを躊躇するのは、きっと彼女を思うからこそなのだろう。

「俺は早紀子しか、愛するつもりはないよ」

「だったら側で私を守って欲しい。それが一番安全だわ」

早紀子が直樹にとってのウィークポイントであり続けるなら、別れてしまうほうがずっと危険だ。

「私ね、誘拐されたのは怖かったけど、かえって良かったって思ってるの」

直樹はあからさまに動揺し、驚きを隠せずにつぶやく。

「どうして」

「直樹はこれからの自分だけを見て欲しいって言ったけど、これまでの生き方を完全に否定することなんてできないわ。私はあなたの全部を知って、全部を愛していきたいの。あなたの過去も、私には愛おしいわ」

早紀子の言葉を聞いて、直樹は目を大きく見開いた。そのくせ彼女を見ていることができないのだ。

落ち着きなく視線をさまよわせ、天井を仰いで目元を隠す。指の隙間からほの見える瞳には涙が溜まり、わずかに唇を噛んでいる。

声を出さず、直樹は泣いていた。身体が震え、嗚咽《おえつ》を漏らすのを堪えている。

こんな直樹は見たことがなかった。静かに感情を昂ぶらせ、重ねた肌から情動が伝わってくる。

直樹はまだ迷っているのだろうか？

早紀子の覚悟は、言葉だけでは伝わらないのだろうか？

不安が胸をかすめはじめた頃、直樹が早紀子の両肩を抱いた。問いかけるでもなく、尋ねるでもなく、念を押すように言う。

「……本当に、いいのか」

「いいわ」

「後悔しないか」

「しないわ。でないと、抱いてなんて言えない、でしょう」

どんどん声が小さくなるのは、今更照れてしまったからだ。自分の大胆な行動を思い出すと、顔から火が出るほど恥ずかしい。

直樹がふっと笑った。見慣れた表情に、早紀子の心が緩む。

「笑わないでよ」

「いやだって、さっきの早紀子、びっくりするくらい積極的だったから。何も言わずに抱」

「言わないで！」

早紀子が顔を真っ赤にして遮ると、直樹は彼女の頬を両手で包み込んだ。穏やかな笑みを浮かべ、安堵した様子で口を開く。

「嬉しかったよ。拒絶されても仕方ないと思ってたのに」

「私がそんなこと、するはずないわ」

「うん」

直樹は短く答え、早紀子の首筋に唇を押しつけた。舌先が彼女の肌を甘くすぐり、獣のように繋がったことも忘れて、また身体が熱くなってくる。

「ちょ、こら」

「俺は早紀子のこと、何もわかっちゃいなかった」

まだ首筋へのキスを続けながら、直樹は悔いるように続ける。

「早紀子を守りたいだなんて、傲慢だったよ。君は俺に守られるだけの、か弱い存在なんかじゃない。俺なんかより、ずっと肝が据わってる」

「私は昨日、なんの抵抗もできなかったわ。直樹が助けてくれなかったら、ひとりでは逃げ出すこともできなかった」

早紀子が自らの不甲斐なさを口にすると、直樹は首を左右に振った。

「俺が言ってるのは、心の強さだよ。俺は早紀子が傷つく恐怖に怯え、いっそ失っても構わないとさえ思った。でも君はあんなことがあっても、俺との未来を信じられるんだ」

直樹は強く早紀子を抱きしめ、決意の言葉を口にする。

「一生早紀子を守るよ。もう絶対に離さない」

「私も直樹を、離したりしないわ」

ふたりはしっかりと目を合わせ、唇を重ねる。これは誓いのキスだ。神の前ではないけれど、お互いがお互いに生涯の愛を約束するのだ。

「……あぁ、早紀子……愛してる」

それだけではまだ足りないのか、直樹は何度も早紀子の名をつぶやく。どんなに言葉を尽くしても、気持ちの全部を表現しきれないのだろう。

直樹は滾《たぎ》る欲望のままに、早紀子を掻き抱いた。息苦しいほどの力強さが、彼の深い愛を物語っている。

「もっと早紀子を感じたい」

早紀子の胸元に顔を埋め、直樹は荒い呼吸を繰り返す。彼の激しい吐息が、彼女の身体を淫らに疼かせた。

込み上げてくる劣情に戸惑い、早紀子は強く目を閉じる。自分に抗うのは、蕩けるような快楽に身を投じて乱れてしまいそうだからだ。

「だめ……さっき、あんなに」

「まだ、足りないんだ」

直樹は早紀子をベッドに押さえつけ、唇で愛撫を始めた。吸いつくように激しく、首筋や鎖骨に口づけを繰り返す。

「ゃ、あ、ぅん」

「早紀子が欲しい」

むき出しの欲望を見せつけながら、直樹は早紀子を追い詰める。彼の全身はドクドクと脈打ち、彼女の身体も奥に火がともったかのように熱い。

重なり合った肉体が汗ばみ、ぬるりと肌を滑らす。早紀子は堪らなくなって、直樹から離れようとするが、彼は一層腕に力を込めた。

「っ……も、やめ……て」

早紀子は息も絶え絶えに喘ぐが、直樹は彼女の耳たぶを食《は》んでいる。彼の指先が背中をツーッと辿り、腰の辺りからお尻を通り過ぎて、太ももを持ち上げた。

「やめられるわけ、ないだろ?」

太ももに唇を押しつけられ、早紀子はもう抵抗できなかった。

「あ、いや、ぁ、なお、き」

「愛してるよ、早紀子、愛してる」

強引に思えたけれど、直樹は終始優しかった。じっくりと丁寧に愛され、お互いの身体が溶け合うほどに深く繋がり合う。

夜が明けて、窓の外が白みはじめるまで——。

*

今日は直樹と一緒に、実家へ行くことになっている。

早紀子の両親に結婚の挨拶をするためで、事前に電話でその旨は伝えてある。道江はそれほど驚かず、直樹のことも詳しくは聞かなかった。

以前プロポーズされたと話していたせいもあるだろうが、史郎のことがあったから、踏み込んだ話をするのを避けたようだった。電話口より、直接会って話したほうがいいとも思ったのだろう。

清彦はと言うと、いよいよそのときが来たという感じだった。娘を嫁にやるというのは父親としては複雑だろうが、歓迎してくれているのは伝わってきた。

問題らしい問題はないのだが、早紀子は朝から不安と戦っている。

直樹の前職や例の事件については、最初から話すつもりはない。両親を無闇に心配させるだけだからだ。

しかし直樹の素性については別だった。両親としては、娘の夫になる人が、きちんとした仕事に就いているかどうかは気になるだろう。

出会いが少し変わっているから、尚更そのことは重要視していると思う。

小林商事に勤めている。本当ならそれだけでいいのだ。両親は安心してくれるだろうし、祝福もしてくれるだろう。

だが実際の直樹は小林家の御曹司であり、いずれ社長になる。家柄の違いは無視できないほど大きく、玉の輿だと喜ぶよりも、気後れしてしまうだろう。

玲奈に会えば心安い人だとわかってもらえると思うが、両親を必要以上に萎縮させてしまいそうで、気掛かりだった。

部屋のチャイムが鳴って、早紀子は我に返った。直樹が来たのだ。彼女は急いで玄関に向かい、扉を開ける。

「いらっしゃい」

早紀子は直樹の顔を見て、目をしばたたかせた。

栗色だった髪が黒く、短くなっている。ブラックのスーツには合っているが、そこまで気を遣ってくれるとは思わなかった。

「髪の毛、染めてくれたの？」

「早紀子のご両親に会うなら、ちゃんとしたいからね。それに社長が茶色い髪というのも、よくないだろうし」

直樹は前髪をいじりながら、はにかんだ笑顔を見せる。

「似合ってる、かな？」

「うん、すごく格好いいよ」

「よかった」

柔らかく微笑んだ直樹に心を奪われる。目の前にいるこの人が、自分の夫になるだなんて、とても信じられないくらいだ。

「どうかした？」

「ううん。ちょっと結婚するっていう、現実感が薄れちゃって。本当に私なんかでいいのかな、とか」

「俺の過去を知りながら、奥さんになってくれる人なんて、早紀子しかいないと思うけど？」

直樹は当然のように言うが、早紀子はうつむいてしまう。

「でも私の両親には、知らせないって決めたじゃない？　どうして私なんかが選ばれたのか、きっと疑問に思うわ」

「大丈夫だよ」

顔を上げると、直樹がとびきりの笑顔を浮かべている。

「早紀子は素敵な女性だ。俺は君のいいところを、幾らでもあげられる。君のご両親は俺以上に君の良さをわかってるんだから、心配する必要なんてない」

「直樹は、緊張してないの？」

早紀子の問いに、直樹はリラックスした様子で答える。

「どうして緊張する必要がある？　俺は今日をすごく楽しみにしてたんだ。早紀子を育てたご両親に会えるんだからね」

楽しみに――。直樹はそこまでの境地に至っているのだ。

早紀子は玲奈に会ってくれと言われたとき、動揺するばかりだったのに。

直樹は早紀子を大切に思うからこそ、彼女の両親ともいい関係を築きたいと思ってくれている。彼女と同じくらい、両親のことも大事に考えてくれているのだ。

「ありがとう」

直樹の気持ちが嬉しくて、早紀子は玄関口だということも忘れて、彼に抱きついていた。彼はそっと彼女の額にキスをして言った。

「じゃあ、行こうか」

早紀子はうなずき、鞄とお土産を持って部屋を出たのだった。


いつも早紀子がするように、ふたりは電車を乗り継いで実家までやってきた。彼女の普段通りを知りたいと、直樹が望んだのだ。

もしかしたら、気を遣ってくれたのかもしれないと思う。

早紀子の実家には車を二台置けるようなスペースはなく、たとえ自動車で来ても、近くの駐車場を借りなければならないからだ。

「古い家で驚いたでしょう？」

早紀子は実家を前にして、苦笑しながら言った。

昔店舗だった一階は半分物置になっていて、今はシャッターが下りている。自宅への入り口は裏手にあり、かなり年季の入った建物だ。

「古いというより、歴史を感じるよ。俺は好きだな」

直樹は穏やかに微笑み、心からそう思ってくれているのがわかる。彼は本当に家柄の違いなど気にしていないのだ。

早紀子がチャイムを押すと、道江が扉を開けてくれた。玄関で待機していたのかと思えるほど早い。

「ようこそ」

道江は直樹を見た途端、言葉に詰まってしまった。きっとあまりにも綺麗な男性だったから、驚いてしまったのだろう。

「いらっしゃいました」

やっと言葉を続けたが、まだ目をパチパチさせている。早紀子はそんな母の緊張を解くために、笑いながら言った。

「お母さんたら、直樹さんがハンサムすぎて、ビックリしてるのよ」

道江はパッと顔を赤らめ、困ったように頬に手を添える。

「嫌だわ、もう何を言うのよ」

「あら、本当のことでしょう?」

「そりゃまぁ、俳優さんかと思っちゃったけど」

「ありがとうございます」

直樹がにこやかに笑うと、道江はまた見惚れてしまう。

「どうぞお入りください。主人もお待ちしております」

道江はやけに畏《かしこ》まると、案内を早紀子に任せて、パタパタと台所に消えた。

「可愛らしいお母さんだね。早紀子によく似てる」

「そう、かな？」

早紀子は照れ笑いして、清彦の待つ客間に向かった。客間と言っても、普段は居間にしている場所で、テレビとちゃぶ台が置いてある。

「これはこれは、よくぞおいでくださいました」

清彦に座布団をすすめられ、直樹は美しい所作で正座をする。

「初めまして、早紀子の父の清彦です」

「小林直樹と申します。本日はよろしくお願い致します」

直樹が深々と頭を下げたので、清彦は大げさな身振りで言った。

「まぁそう固くならずに。早紀子から今日の訪問理由は聞いています。娘ももう年頃ですから、とても喜ばしいお話だと思っているんですよ」

「本当にねえ」

居間に入ってきた道江が、お茶とお菓子を並べながら続ける。

「しかもこんなに容姿端麗な方で。早紀子にはもったいないくらいですよ」

まさに今朝、早紀子が懸念していたことだ。やはり誰しも同じことを思うのだと、胸がきゅっとなる。

「そんな風におっしゃらないでください。僕にとって、早紀子さんほどの女性はいないんです。彼女がプロポーズを受けてくれたとき、僕がどれほど嬉しかったか」

あまりにも率直な言葉に、早紀子だけでなく両親も真っ赤になっていた。一切の照れもなく、直樹は真っ直ぐ愛を語ってくれたのだ。

「いや、私たちも嬉しいです。早紀子をそこまで想ってくださって。なぁ？」

「えぇ、えぇ」

道江は涙声になっていて、こちらも泣きそうになる。

大切なひとり娘を預けることの重さを実感し、両親が今も変わらず、早紀子を愛してくれているのだとわかった。

「早紀子さんのことは、必ず幸せにします。今後は家庭に入っていただいて、僕を支えてもらおうと思っています」

清彦は驚いた顔をして、早紀子を見た。

「仕事を、辞めるのか？　せっかく正社員なんだから、せめて子どもができるまでは頑張ったらどうだ」

今のご時世なら、清彦の考えが普通だ。早紀子だって相手が一般人なら、その選択をしただろう。

「ふたりで話し合って、決めたの」

「そりゃあそうだとは思うが」

清彦は複雑な表情を浮かべ、直樹に向かって尋ねる。

「失礼ですが、どちらにお勤めですか？」

「小林商事です」

直樹の答えを聞き、清彦は少し戸惑った様子で続ける。

「そんな大企業にお勤めでしたか……。でしたら、いや、しかし」

「直樹さんは来年度には、社長に就任することになっているのよ。私が仕事をしながらだと、サポートが難しいから」

「待って、社長って、え、小林商事の？」

道江が当惑した声を上げ、清彦は絶句している。予想通りの反応だったが、早紀子はできるだけ安心させるように言った。

「心配しないで、私は小林家にもご挨拶に行ったの。本当に気さくな方ばかりで、私のことも歓迎してくださってるから」

ふたりはまだ固まっていた。思わぬ展開にどうしていいかわからない様子だ。

沈黙を破ったのは、直樹の落ち着いた声だった。

「僕には戸籍上の父親がいません。母親は未婚のまま僕を産み、僕自身は家政婦さんの子どもとして育てられました」

突然のカミングアウトに、両親はギョッとする。

誰もが知る大企業の家庭に、そんな秘密があったこともだが、全く週刊誌を賑わせなかったことにも、困惑しているのだろう。

「様々な事情があったことは今ならわかりますし、そのことを後ろめたく思うこともありませんが、世間一般の幸福な家庭でなかったことは確かです。だからこそ、愛し合うご両親の下で健やかに育った早紀子さんを、羨ましいと思っています」

直樹は深く頭を下げ、振り絞るような声で言った。

「僕は早紀子さんと、温かで穏やかな家庭を作りたいんです。どうか見守っていただけませんでしょうか？」

どれほど真摯な想いが、その言葉に込められているか。早紀子の両親にも伝わったのだと思う。ふたりは顔を見合わせてから、静かにうなずいた。

「直樹さん、顔を上げてください」

清彦は優しく言い、まだ戸惑いを残しながらも笑顔を作った。

「私たちは早紀子の幸せだけを祈っています。直樹さんが早紀子を選んでくださったことを、誇りに思いますよ」

「ありがとう、ございます」

直樹はもう一度、ちゃぶ台に頭をこすりつけんばかりに礼をし、早紀子は彼の誠実な気持ちに感動してしまう。

結婚はひとつの区切りではあるけれど、直樹にとっては通過点なのだ。これから先早紀子とふたりで生きることを、心底願ってくれている。

必ず幸せになれる。早紀子は強くそう、信じることができたのだった。

＊

早紀子の両親への挨拶も済み、これから結婚式の準備を進めていくのだが、先に新居を探すことになった。式場を探すなら連絡先を書く必要も出てくるし、いつまでもホテル暮らしは良くないと直樹が言い出したのだ。

「幾つか物件情報を取り寄せたんだ。気になる部屋があったら教えて」

直樹が探してくれたのは、どこも駅近の高級物件だった。オートロックはもちろん、二十四時間警備員が常駐するほど、セキュリティシステムが充実している。

きっと直樹は自分の生活よりも、早紀子がまだあのアパートで暮らしていることが不安なのだと思う。彼女の安全を最優先に考えてくれているのだ。

心配してくれるのは嬉しかったけれど、通勤もあと数ヶ月のことだ。

上司や同僚には熱心に引き止められたが、仕事と直樹のサポート、どちらも完璧にこなせるほど、早紀子は要領がよくない。

直樹を支えるため万全の態勢を整えるなら、退職するのが一番だと思ったのだ。

「どこかいい部屋はあった？」

ソファに腰掛け、ルームサービスの紅茶を飲みながら、直樹が尋ねた。早紀子は我に返って、ノートPCのディスプレイを見る。

「そう、ね。どこも素敵だと思うけど、実家のある沿線に近いとありがたいかな。その、子どもが生まれたら安心でしょう？」

「俺たちの子どものこと、もう考えてくれてるんだ？」

直樹が早紀子の顔をのぞき込む。彼の瞳は期待に満ちていて、自分の発言が恥ずかしくなってしまう。

「いつかの話を、してるだけよ」

「俺は今でもいいと思ってるけど」

腰に左腕が回され、直樹が耳元でささやく。唇が耳たぶに触れ、身体の奥がキュンと甘く痺れる。

「からかわないで、結婚式もまだなんだから」

真面目な顔をして答えるのは、直樹を求める気持ちを悟られたくないからだ。彼は探るような目をして、彼女の髪をくしゃっと梳《す》いた。

「そういえば新居探しも大事だけど、新しく家具もいるだろ？　とりあえずベッドだけ決めたんだ」

直樹は右手でノートPCを操作し、高級家具店の通販サイトを開いた。

見せられたのはキングサイズのベッドだった。ほぼ正方形で、小さな寝室だと入り切らない。

「こんなに、大きいのにするの？」

早紀子が驚くと、直樹は楽しそうに笑いながら答える。

「快適性は大事だろ。週末はずっとベッドの上なんだからさ」

「ずっとだなんて、私の体力が」

失言に気づき、早紀子は自分の口を塞いだ。直樹はわざとらしく首をかしげ、いかにも不思議そうな声でつぶやく。

「体力？　俺は本読んだり、ネット見たりしようかなと思ってたんだけど」

早紀子は恥ずかしさに耐えられず、真っ赤になった。彼女は直樹の腕から逃れて、ソファから立ち上がる。

「もぅ、意地悪なんだから」

直樹も立ち上がり、早紀子を背中から抱きしめる。

「ほんと可愛いな、早紀子は」

早紀子の首筋に唇を添えながら、直樹の指先が器用にブラウスのボタンを外していく。

「え？　ゃ、ちょ」

「相談しなきゃいけないことがいっぱいあるのに」

早紀子が言いたかったことを直樹が言い、彼女はうろたえてしまう。

「そ、そうよ。今日はやめましょう？」

「俺だってそう思ってたけど、早紀子が誘うから」

「私、誘ってなんて、ぁ、こら」

直樹は会話を続けながら、するりとブラウスの中に手を滑り込ませた。指の腹がブラの谷間をじりじりと撫でる。

「欲しいんだろ」

ドキンと心臓が高鳴り、直樹の指先が反応する。彼はトントンと早紀子の胸に触れて、甘くささやく。

「ここは、正直だ」

早紀子は何も言えなくなり、恥辱で身体が汗ばむ。直樹は彼女のブラウスをはだけさせ、手を背中に回した。

「黙っちゃって。したいならしたいって言えよ」

ブラのホックをもてあそびながら、直樹が少し乱暴な言葉遣いをする。淫らな欲求が込み上げ、早紀子はうつむいてしまう。

「……言わなきゃ、ダメ？」

「ダメ」

一転して幼子のような返事に、早紀子の身体が甘美に震える。

「後で困るのは、わかってるんだから。早紀子にも共犯者になってもらわないと」

週末はまだ始まったばかり。直樹はそれでも時間が足りなくなると思っているのだろうか。

「困るほど、するつもり？」

早紀子の素朴な疑問に、直樹は普通に照れてしまったみたいだった。彼女の身体を反転させ、強引に唇を奪う。

「ん……ぁ、っ」

直樹は唇を触れさせたまま、恥ずかしそうにつぶやく。

「やっぱり俺のほうが、したがってる。昨日からずっとだ。今日早紀子が来ると思うと、仕事にならなかった」

明け透けに欲望を言葉にされ、早紀子は身体の奥が熱くなるのを感じた。直樹に求められることが、堪らなく心地いい。

「言ってくれて、よかったのに」

「言えるわけないだろ。これからのこと、考えなきゃならないんだから」

早紀子はくすっと笑って、直樹の唇に人差し指を添える。

「自分は言わせようとしたくせに」

「それは、早紀子がしたいなら、俺はただ嬉しいし」

珍しく直樹がしどろもどろになり、早紀子は愛おしさのあまり、彼をぎゅっと抱きしめる。

「私だって同じよ。ただ嬉しいわ」

直樹は早紀子の瞼やこめかみ、頬を優しく撫でてから、彼女を抱き上げた。ベッドの上まで運ばれ、彼が覆いかぶさってくる。

「俺今、めちゃくちゃ幸せだよ。あんなに早紀子を抱きたかったのに、抱かなくてもいいくらい」

「どういうこと？」

「愛し愛されてるって、実感するんだ。一方通行なんかじゃない。俺たち、こんなにも愛し合ってる」

直樹が早紀子の額にキスをして、ゆっくり手を繋いだ。彼女も彼と指を絡め、しっかりと握り合う。

「うん。私もすごく、幸せだわ」

ふたりは見つめ合い、どちらからともなく微笑む。悦びと幸福が深く身体に染み渡るようで、なんだかくすぐったい感じがする。

直樹は繋いでいないほうの手で、早紀子の頬に触れた。指先が顎を離れ、鎖骨から胸元に伸びる。

「……抱かなくても、いいんじゃないの？」

「そう思ってたけど、そんな格好見せられたら」

ブラウスをはだけさせた自分の姿を見て、早紀子は襟元を掻き合わせる。

「直樹が外した、ん、ぁ」

唇がキスで塞がれ、早紀子はもう抗議できなくなってしまう。直樹の口づけに陶酔《とうすい》し、彼への愛で心が満たされる。

ふたりはそっと手を解いて、お互いの背中に腕を回した。言葉にしなくても気持ちが伝わることが、何よりも嬉しく感じられるのだった。

＊

新居についてはある程度目処がつき、次は結婚式と披露宴。幾つかの式場を検討しはじめている段階で、玲奈から小林家に来て欲しいと連絡があった。

結婚式のことで話がしたいと言われていたので、次期社長として恥ずかしくない式に、というような内容だろうと思っていた。

「茂を、お式に呼ぶことはできないかしら？」

まさかそんなことを言われるとは。

予想外の提案に言葉が出なかった。茂の立場や小林商事の今後を考えれば、かなり困難なことだと、早紀子でもわかる。

玲奈だって、それは重々承知しているのだろう。思い詰めた様子で、打ち明けるまでに随分と悩んだのが伝わってくる。

「……玲奈さんの気持ちは、わからないでもない」

直樹は一定の理解を示すが、すぐに首を左右に振った。

「でも茂さんを正式に招待するってことは、裏社会との関係を疑われる。小林商事のためにも、一線を引くべきだと思う」

小林商事の次期社長としては、その答えしか出せない。

直樹だってアメリカで世話になった人、彼の父親でもある人を招待したくないわけではないのだ。本心ではふたりの結婚を祝って欲しいと思っている。

玲奈だって、知っているはずだ。だから項垂れつつも、食い下がることはしなかった。

「そう、よね。ワガママなお願いをして、ごめんなさい」

ワガママ――。確かにそうかもしれない。

玲奈自身、百も承知で、今日ふたりを呼んだのだろう。

どうしても想いを抑えられずに。

今でも茂を愛しながら、添い遂げることができず、息子の晴れ姿をふたりで祝うことも叶わない。

玲奈の境遇を思うと、あまりに悲しく、胸が痛い。彼女の願いは、本当にささやかなものなのだ。

どうにか、ならないだろうか?

招待ができないなら、せめて遠くから見守ってもらうだけでもいい。玲奈が望んでいるのは、多分そういうことだ。

「あの、それなら結婚式と披露宴を、分けたらどうでしょうか?」

早紀子の提案に、ふたりの視線が集まる。

「普通は式場にチャペルがあり、結婚式をしてから披露宴ですけど、挙式は別の場所でもできるみたいですから」

「確かに式は、親族のみっていう場合もあるけど」

直樹が難色を示すのは、茂は親族とは言えないからだろう。

そういう場に、組の一員を呼ぶこと自体が不安なのだ。早紀子が危険な目に遭ったから、より一層警戒しているのだと思う。

「正式な教会なら、誰でも参加できると聞いたことがあるの。例えば普段通っている信者の方や、通りがかりの人とか」

「それなら、父が参加していてもおかしくない、か？」

「ええ、何も問題ないと思うわ」

「しかし、俺たちはキリスト教徒じゃないよ？　信者でもないのに、結婚式を挙げさせてもらうというのは」

ふたりの会話を聞いていた玲奈が、嬉しそうな声を上げた。

「きっと大丈夫よ。私のお友達が昔、教会で結婚式をしたことがあるの。彼女の実家はお寺だったわ。信仰に関係なく、結婚するふたりを祝福してくださるわよ」

玲奈が早紀子の手を取った。いつの間にか目に涙を溜めており、感極まった様子で続ける。

「ありがとう、早紀子さん。素晴らしいアイデアだわ」

「玲奈さん、俺はまだいいとは言ってないよ」

直樹が難しい表情を浮かべ、ふたりの顔を交互に見る。

「結婚式と披露宴を別会場や別日にすれば、それだけ早紀子や参加者の負担も大きくなる。慎重に検討しないと」

「私のことは気にしないで」

早紀子はそっと玲奈の手を離し、直樹の肩に触れた。

「直樹だって、本当は茂さんを呼びたいと思っていたんでしょう？」

決まりの悪い顔をして、直樹が黙り込む。きっと図星だったのだろう。

直樹は出生の秘密を知り、すべてを投げうってアメリカに行った。彼が持っていた父親のイメージと、茂は違ったかもしれないが、特別の思いはあるだろう。

日本で立派にやっている姿を、父親に見せたいはずだ。

「……早紀子はなんでも、お見通しだな」

直樹は玲奈と同じく瞳を潤ませ苦笑する。

「父が参加できる結婚式に、全力を尽くそう」

「ええ。茂さんのためにも、素晴らしい式にしましょう」

ふたりは目を合わせ、しっかりとうなずく。結婚式に向けて、皆の気持ちがひとつになった気がしてとても嬉しい。

「直樹は本当に素敵な人を選んだわね。あなたにはもったいないほどの人よ」

玲奈の言葉に、早紀子は慌ててしまう。

「そんな、私のほうこそ」

「何言ってるの。早紀子さんが私の娘になると思うと、すごく幸せよ。あなたのおかげで、やっと私たち家族になれた気がするわ」

早紀子と両親が感じていた引け目を、玲奈がきれいさっぱり吹き飛ばしてくれた。

小林家と高良家には大きな隔たりがあるけれど、必ずうまくやっていけると思えるのだった。

*

「やぁ、おかえり」

一足先に新居へ引っ越した直樹が、早紀子を部屋の中に迎えてくれる。

「おかえりじゃなくて、いらっしゃいじゃない？」

早紀子が笑って訂正すると、直樹が彼女の身体を抱きしめた。

「ここは早紀子の家でもあるんだから。明日にでも引っ越してきてくれていいんだよ？」

マンションの高層階で見晴らしはいいが、まだ最低限の家具しかない。ふたりで住んでも広すぎるほどの部屋だから、より殺風景に感じる。

きっと寂しいのだろうと思い、早紀子も直樹の背中に腕を回した。

「ごめんね、私も早く一緒に暮らしたいんだけど」

「わかってる。仕事が忙しいんだろ？」

「うん。まだ引き継ぎが終わってないし、退職するまでは環境を変えたくないの」

「早紀子は真面目だから。大変なときなのに余計な負担までかけて、本当に申し訳ないと思ってる」

直樹は挙式のための、セミナー受講のことを言っているのだ。

教会に問い合わせると、信者でない場合は、何度か教会に足を運んで講座を受ける必要があるらしい。

披露宴の打ち合わせもある中、時間を作るのは確かに大変だけれど、宗教施設できちんとした式を行うのだから当然だ。

「仕事が大変なのは、直樹もでしょう？　やることは多いけど、毎日すごく充実してるわ」

「そうだね。結婚に向けて、少しずつ前へ進んでるのは嬉しいよ」

直樹は早紀子の頭を優しく撫でて、彼女を離した。

「早紀子はソファに座ってて。新婚旅行のパンフレットをもらってきたから、見ているといい。今コーヒーを入れるよ」

「それなら私が」

「いいからいいから」

軽く手を上げ、直樹はキッチンに向かう。彼は意外とマメなのだ。

結婚したら公私共に直樹を支えたいが、彼のほうが早紀子をサポートしてくれるんじゃないかと思ってしまう。

「ありがとう」

直樹の言葉に甘えて、早紀子はソファに座った。

しばらくベッドだけで十分だと直樹は主張していたけれど、ソファとローテーブルくらいはあったほうがいいと説得し、ふたりで急遽選んだものだ。

ローテーブルの上には、旅行会社のパンフレットが広げられている。定番のハワイやヨーロッパ、オーストラリアもあったが、早紀子の思う国がない。

「俺はイタリアなんか、いいんじゃないかと思ってるんだけど」

コーヒーの入ったマグカップを持って、直樹が戻ってきた。早紀子はカップを受け取り、疑問を口にする。

「アメリカは、ないの？」

直樹は一瞬固まったけれど、何事もなかったように早紀子の隣に腰掛けた。膝の上でカップを持ったまま、並んだパンフレットを見つめる。

「アメリカには行けない。俺のことを覚えてる人間もいるだろうし、また早紀子に何かあったらと思うと怖いんだ」

「直樹と一緒なら大丈夫よ」

「俺はそんな風に楽観視できない」

あの事件について、直樹は今でも責任を感じている。

仕事を辞めて日本に来てさえ、トラブルが起こったのだ。アメリカに行くなんて、もってのほかだと思っているのだろう。

しかし早紀子には、どうしても会いたい人がいた。

「私を助けてくれた人に、お礼が言いたいの」

直樹の持つカップが揺れ、コーヒーの水面にさざ波が立った。彼は動揺しているらしく、すぐには返事ができないようだった。

「私の救出に、協力してくれた人がいるんでしょう？」

直接直樹から聞いたわけではないが、ラブホテルでの会話から類推したことだ。彼の前職にまつわることなら、まずは元同僚に連絡を取ったはずなのだ。

早紀子の想像は当たっていたらしく、直樹は観念したようにうつむく。

「……あぁ。でも会わせるわけにはいかない」

「どうして」

「俺の過去に、これ以上早紀子を関わらせたくないんだ。礼なら俺がしたよ。奴の好きな酒を送っておいた」

「私は恩知らずになりたくないの。面と向かって、私の口から、感謝の言葉を伝えたいのよ」

「気持ちは、わかるけど」

早紀子はカップをテーブルに置き、直樹の腕に手を添えた。

「あなたの過去も、私は愛せると言ったはずよ」

直樹が自分を責めているのは知っている。しかし現実から目を背ければ、早紀子の存在が彼の枷になってしまったままだ。

「今の直樹はこれまでの経験が積み重なってできあがっているんだから、過去を疎ましく思う必要なんてないわ」

ゆっくりと深呼吸してから、直樹もカップをテーブルに置いた。早紀子の手を握り、真剣に問いかける。

「早紀子は、怖くないのか？」

直樹に会う前の早紀子なら、怖いと答えただろう。彼と生きる決心もできず、別れを選択したかもしれない。

「平凡な生活を選べば、生涯安泰というわけじゃないと言ったのは直樹よ。何があっても乗り越えていけばいい。あなたとならそれができるって、信じてるの」

早紀子はしっかりと強く、想いが伝わるように、手を握り返す。

「……わかった。一緒にアメリカへ行こう」

直樹は笑っていた。きっと彼自身、彼《か》の地が忌まわしき場所になることを、望んではいなかったのだ。

＊

「ねぇ、髪型おかしくない？　服はどう？」

先ほどから道江は何度も同じことを聞く。今日は小林家に挨拶に行くから、緊張しているのだ。

「大丈夫よ、お母さん。ちゃんと綺麗だから」

早紀子が安心させるように言うが、道江はまだ不安なようだ。

「本当にそう思う?」

「道江、少し落ち着きなさい」

ハンドルを握る清彦に言われて、道江はようやく黙った。

どっしり構えているように見えて、清彦も気を張り詰めているのだろう。いつもはかけないラジオが鳴っている。

午後の経済ニュースは、小林商事の新規事業について伝えていた。

直樹が以前、オンライン会議で話し合っていた内容だ。まだ正式な社長ではないが、周囲からも認められ、着々とキャリアを重ねているのだろう。

「ところで早紀子、道はこれで合ってるんだろうね?」

「ええ。そこを右に曲がったところ、その角のお家が直樹さんの実家よ」

後部座席から窓の外を見ていた道江が、「まぁ」と言ったきり黙ってしまった。早紀子も初めてここに来たときは、同じような反応だった。

「車は運転手の方にお任せすればいいから」

「そう、か」

清彦もさすがに動揺を隠せない様子で、小林家の前に車を止める。早紀子はふたりを元気づけるように、笑顔で明るく言った。

「玲奈さんも、私の両親に会えることを、楽しみにしてくださっているから」

「あ、あぁ」

清彦は言葉少なに答え、三人は車から降りた。早紀子がインターホンを押すと、祐子が門を開けてくれる。

「お待ちしておりました。どうぞお入りください」

清彦と道江はお辞儀をして、祐子の後に続く。キョロキョロしないようにしているものの、見事な日本庭園には目を走らせないではいられないようだ。

「立派な、お庭ですね」

道江がつぶやくと、祐子は振り返って微笑む。

「ありがとうございます。奥様もお喜びになります」

奥様という言葉に、道江がわずかに身体を震わせた。早紀子だって玲奈に会う前は、それはそれは緊張していたのだ。

「ようこそ、おいでくださいました」

門を入ると、上がり框《がまち》に玲奈が正座して、深くお辞儀してくれる。清彦と道江は驚き、慌てて彼女に近寄った。

「頭を上げてください」

「こちらこそお招きありがとうございます」

玲奈は微動だにせず、礼儀正しく言った。

「私共のほうからご挨拶に伺わず、お呼びだてして申し訳ないと思っているんです」

「そんな我々の住まいにはとても、とても来ていただくわけには参りません」

清彦が項垂れ、早紀子は胸が痛む。彼が自虐的な物言いをすることを、彼女には止めることもできないのだ。

「奥様、お客様を客間にお通ししては」

「あぁ、そうね。直樹もそちらで待っています」

玲奈は立ち上がり、三人を案内してくれる。客間には祐子が言った通り、直樹が座って待っていた。

「ご足労いただき、ありがとうございます」

直樹が立ち上がって礼をし、早紀子の両親は恐縮したまま並んで座る。清彦が手土産を差し出し、玲奈が受け取る。

「こちら、つまらないものですが」

「ちょうだいします。お気遣い痛み入ります」

型通りの挨拶が終わり、祐子がお茶を持って入ってきた。それぞれの前に並べて、部屋を辞する途中で玲奈が言った。

「祐子さんも座って」

「いえ、私は」

「私たちの息子の、義理の両親になる方々なのよ。あなたも挨拶しなくては」

玲奈の言葉は力強く、有無を言わせぬものだった。祐子は「わかりました」と言って、直樹の隣に座る。

「驚かせて申し訳ありません。彼女は小林家の家政婦ではありますが、直樹の育ての母と言っていい人なんです」

複雑な家庭の事情。玲奈はそれを恥じてでもいるのか、苦笑しながら続ける。

「私は今、小林商事の社長をしていますが、それはただ父から受け継いだだけのものです。この屋敷も同じく、私が築き上げたものではありません」

玲奈は両親の萎縮を見て取ったのだろう。だからあえて、こんな言い方をした。まるで自分が取るに足らない存在であるかのように。

「私は直樹の母親としてさえも、十分な役割を果たすことができませんでした」

「そんなことはありません」

清彦が落ち着いた声で、玲奈の言葉を否定した。皆の注目が集まる中、彼は堂々と胸を張って続ける。

「直樹君はこれから先も、母親を必要とする場面があるでしょう。そのとき力になれるのは、あなたしかいないのではありませんか？」

誰もが清彦の話に聞き入っており、早紀子は父親の頼もしさに胸を打たれる。

「ご家族のご事情については、直樹君から少し聞きました。彼は出自について、もうコンプレックスは感じていないと思いますよ」

穏やかな清彦の言葉を聞いて、玲奈は弾かれたように直樹を見た。

「そう、だったんですか。さぞ困惑されたでしょう」

「驚きはしました。しかし直樹君はすべて受け入れ、前に進もうとしています」

清彦は玲奈を真っ直ぐ見つめ、自分に言い聞かせるように話す。

「我々も自らを卑下するようなことは、やめましょう。各々与えられた場所で、精一杯の努力をしてきた。それでいいじゃありませんか」

親として、人生の先輩として、清彦は生き方を示そうとしてくれている。早紀子もまた彼の言葉に励まされ、直樹の妻として恥じない存在になりたいと思うのだった。

＊

結婚式当日の空は、青く晴れ渡っていた。

重厚な造りの教会が、自然溢れる広い敷地の中央にどっしりと立っている。ホールには大きな十字架が鎮座し、荘厳な雰囲気が漂う。

何度足を運んでも気持ちが引きしまる場所だが、今日はいつも以上に特別だ。結婚が大切な誓約なのだと思い知らされる。

今早紀子は、赤く長いバージンロードの上に立っていた。隣には清彦がいて、緊張した面持ちでこちらを見ている。

パイプオルガンの音色が美しく反響する中、早紀子は清彦と共に、神聖な気持ちで直樹の下へ向かう。

両側の座席にはたくさんの人々。招待客もそうでない人も、ふたりの結婚を祝ってくれている。きっとこの中には茂もいるはずだ。

直樹は清彦から早紀子の手を受け取り、ふたりは祭壇の前に立った。

聖歌を歌い、神父様のお話を聞き、丁寧に式が進んでいく。

指輪の交換も誓いのキスも、派手な演出はないけれど、そのことがむしろ幸せを実感させてくれる。しみじみと結婚の喜びが湧いてくるのだ。

厳粛な式を終えて、早紀子と直樹は真っ先に玲奈の下に向かった。茂に挨拶がしたかったからだ。

「玲奈さん、茂さんは」

今日の玲奈は上品な黒いロングドレスに、ジャケットを羽織っている。彼女は申し訳なさそうに微笑んだ。

「ごめんなさい、もう行ってしまったわ」

「そんな……」

「あなたたちに迷惑をかけたくないのよ。わかってあげて」

玲奈は茂を庇い、胸元から白い封筒を取り出す。

「これをふたりにって。茂は式に参列できたこと、とても喜んでいたわ。私も本当に感謝しているの」

直樹は玲奈から封筒を受け取り、その場で開けた。中に入っていたのは、小切手と手紙だった。


結婚おめでとう。

自分は家族は持てないし、持つ資格もないと思っていた。

今日は全くの僥倖《ぎょうこう》で、私には分不相応だとさえ思うけれど、嬉しかった。

こんな感情を持てたことを、ありがたく思う。

末永く、お幸せに。


手紙を閉じた直樹は、泣いていた。早紀子はハンカチで彼の目尻を押さえながら、精一杯の笑顔で言った。

「新婚旅行の行き先、アメリカにしてよかったでしょう？」

「あぁ、父に会いに行こう」

直樹は突然早紀子を抱き上げ、広い庭園を駆け出す。まるで喜びを胸にとどめておけず、はしゃぎ回る子どものように。

「ありがとう、早紀子。君は俺の最高の女神だよ」

エピローグ

新婚旅行の初日。ふたりは直樹の元職場に来ていた。

もっと殺伐とした場所にあるのかと思っていたが、意外にも大通りのオフィス街にある、ごく普通の雑居ビルの五階だった。

「じゃあ開けるよ」

直樹がインターフォンを押す前に、こちらを振り向く。早紀子が深呼吸してうなずくと、突然扉が開いた。

「あれ？　おい、ナオキじゃないか！」

背の高い男性が、直樹の肩を抱いた。アメリカ人らしいスキンシップに、早紀子は目をしばたたかせる。

「いつ帰ってきた？　言ってくれたら会いに行ったのに」

「今日は社長に結婚の挨拶に来たんだ。今は新婚旅行中なんだよ」

「な、え？」

男性はやっと早紀子の存在に気づく。

「君か！　ナオキを夢中にさせた女性は」

「小林早紀子と言います。初めまして」

流暢とは言えない英語で挨拶をすると、男性は早紀子の手を取った。

「俺はアランだ。ナオキの元同僚。君のことはナオキからいろいろ聞いてるよ。予想通りキュートだね」

お世辞だとは思うが、ストレートに褒められると照れてしまう。早紀子は顔を赤らめながら、気になっていたことを尋ねた。

「あの、以前私を助けてくれた方、ですか？」

アランは直樹と親しそうだったから、もしやと思ったのだが、どうやら正解だったらしい。一瞬きょとんとして、すぐ笑顔になる。

「あぁ、別に大したことはしてないよ。情報収集の手伝いをしただけ」

「そんな、私本当に感謝しているんです。直接お礼が言いたくて、新婚旅行の行き先をアメリカにしたんですよ」

早紀子の言葉を聞き、アランは直樹を肘でつつく。

「いい子じゃないか。クールなナオキが惚れるわけだ」

「クール、ですか？」

ふと疑問が口をついて出て、アランは優しげに尋ねる。

「早紀子の前では違うの？」

「直樹は、情熱的な人だと思います、けど」

アランは早紀子の手を握ったまま、大笑いする。

「こりゃいいや。ナオキは早紀子にゾッコンなんだな。君が攫われたときのコイツったらなかったぜ。そりゃあ慌てて、この世の終わりみたいな声して」

「おい、そろそろ手を離したほうがいいんじゃないか」

直樹が早紀子の手を奪い取り、アランはさらに爆笑する。

「っぷはは、マジか、あのナオキが嫉妬してるよ」

「違っ、俺は」

「照れんなって。いやー、いいもん見たなぁ。結構長い付き合いだけど、ナオキにこんな一面があったなんて」

「もういいだろ！　それより社長は？」

ふたりのやりとりは早口で、すべてを聞き取れたわけではない。でも直樹がからかわれているのはわかり、真っ赤になって反論するのが可愛かった。

リラックスした直樹の表情。早紀子の知らない姿に戸惑いはあるけれど、彼のアメリカ生活が垣間見えるようで楽しい。

あれほど過去を後悔していた直樹だから、ここでの暮らしはもっと辛いものだったのかと思っていた。もちろん苦しいときもあったのだろうが、こうして笑い合える仲間がちゃんといたのだ。

「社長はいつも通りだよ。驚かせてやればいい。そうだ早紀子、ナオキはマッサージ好きだよ。風呂上がりにやってあげたら、喜ぶんじゃないかな」

「おい、アラン！　誤解されるようなこと言うな。お前がすすめてくれたんだろ？」

「そうだけど、仕事帰りや空き時間に、しょっちゅう寄ってたのは事実だろ。行きつけのサロンもあったじゃないか。気になる子でもいたのかと思ってたよ」

「あのな、あそこのスタッフは男ばかり」

直樹が抗議しようとすると、アランは手を上げてオフィスを出ていく。直樹はため息をつき、申し訳なさそうに早紀子を見た。

「ごめん、なんかあいつ、いつもよりはしゃいでて」

「謝ることなんてないわ。友達の前だと、直樹はあんな感じなのね」

早紀子が穏やかに微笑むと、直樹は困惑した様子で尋ねる。

「あんなって？」

「無邪気で、楽しそうだったわ。こちらでの仕事、嫌なことばかりじゃなかったんでしょう？　それがわかって嬉しかった」

直樹は目をパチパチとさせ、恥ずかしそうに頭をかく。

「そう、かもしれないな」

「お義父さんにも、そのことを伝えたらいいんじゃない？」

差し出がましい気もしたけれど、父と子だからこそ言えないこともある。その一言で救われることもあるのに。

「きっと喜ぶと思うわ」

早紀子が念を押すように付け加えると、直樹は優しく彼女の肩を抱いた。

「あぁ、早紀子の言う通りだ。ありがとう」

直樹は意を決したように、社長室の扉をノックした。返事を聞いてから、扉を開ける。

「どう、して」

椅子に腰掛けていた茂は、驚いて立ち上がることもできない。両手をデスクの上に置いて、固まっている。

初めて見る直樹の父親は、彼によく似ていた。ダンディーで整った顔立ち、意志の強そうな瞳。あぁ親子なのだと一目でわかる。

「お久しぶりです。今日は僕の妻を紹介しに来ました」

直樹は放心状態の茂に近づき、早紀子のほうを向いた。彼女は前に進み出て、深く頭を下げた。

「初めまして、早紀子です」

「初め、まして。伊藤、茂です」

茂はまだ状況が飲み込めないようだったが、立ち上がってこちらに近づいてきた。どうしていいかわからない様子で、直樹と早紀子を交互に見ている。

「なぜ、来たんだ……」

「面と向かって、結婚のご挨拶がしたかったんです」

「しかし、私は」

茂は目を背けようとしたけれど、直樹は父親の手を強く握ってそうさせなかった。

「俺はあなたの息子です」

はっきりと宣言してから、直樹は茂の目を見て続ける。

「逃れられないなら、受け入れたい。俺はこれから母を守り、会社を背負い、人生に立ち向かっていきます。あなたの下で働き、あなたと過ごした時間を糧にして」

「それを、伝えに？」

直樹が深くうなずくと、茂の瞳から涙が零れた。

それは結婚式の日、直樹が流した涙と同じ、和解を意味する涙だった。

茂との関係を誤解されないよう、ディナーを共にはできなかったけれど、宿泊ホテルには匿名でヴィンテージワインが届けられていた。

「これはきっと、父だろうな。アランなら、直接渡してくれるだろう」

はにかんだ笑みを浮かべ、直樹は早紀子に甘くささやく。

「もう一杯、飲む？」

「いいわね」

専用のルーフガーデンに出て、ふたりはワイングラスを傾ける。

明日は別のホテルに滞在するので、ここからの夜景を楽しめるのは数時間だけだが、名残惜しいほど素敵な部屋だ。船室のコンパートメントを思わせる客室は、木製の素材とメタルが組み合わされて、クラシックな雰囲気を漂わせている。

毎日違うホテルに泊まろうと言い出したのは、直樹だった。このハネムーンは、彼を知るための旅行でもあったから、早紀子はすぐに賛成した。

直樹が過ごした場所を、いろんな角度から感じたいと思っていたからだ。

今後泊まる予定のホテルも、歴史的建造物であったり、ハリウッド映画のセットをイメージしていたり。どこも立地や居心地を考えて、直樹がセレクトしてくれた。

「明日はどこに行きたい？」

新婚旅行なのに予定を決めずに出発したのは、直樹がよく知る街だからだ。その都度《つど》早紀子の希望を聞き、行きたいところに行こうと言ってくれた。

「そうね、私ショッピングがしたいわ」

「じゃあ五番街に」

「あ、違うの。ブランド品が欲しいんじゃなくて、オーガニックコスメを見たいなって。その、ボディオイルやローションとか」

さりげなく言ったつもりだったが、直樹はすぐに尋ねた。

「……アランの言ったこと、気にしてる？」

直樹の勘は鋭く、早紀子は答えに窮する。

「そういうわけじゃ、ないけど」

「俺は早紀子に触れるだけで、いつも癒やされてるよ」

酔っているのだろう、直樹の瞳が熱っぽい。早紀子に顔を寄せ、悩ましげな様子で続ける。

「だから早紀子には、もっと自分を優先して欲しい。新婚旅行なんだから、君が望むことを叶えたいんだ」

「私だって気持ちは同じよ。直樹を喜ばせたいの」

「それなら簡単だ」

直樹は早紀子の身体をソファに押し倒し、首筋に唇を押しつける。右手は胸の膨らみに、左手はもうスカートのファスナーを下ろしている。

「ゃ、ちょ、ここじゃダメ」

「どうして？」

「だって、外なのに」

「高層階の屋上なんだから、誰も見てないよ。摩天楼で抱き合うなんて、ロマンチックじゃない？」

つい同意しそうになるが、早紀子は首を左右に振った。

「恥ずかしい、から」

「こんなに可愛い人が妻なんだって、俺は見せつけたいくらいだけど」

直樹の指先が腰回りから背中をくすぐり、早紀子の官能を刺激する。どんどん拒めなくなっていきそうで、彼女は必死に彼の胸を押した。

「今日は、その、ご挨拶もして少し疲れちゃったから、明日にしない？」

早紀子の肌を撫でていた手が、するりとカットソーから抜かれた。直樹は面目なさそうにして、項垂れる。

「そうだよな。早紀子の身体、気遣えなくてごめん」

直樹がしょんぼりしてしまったので、早紀子は急いで彼の手を取る。

「違うの。今日はほら、もう真夜中だし。せっかくの旅行なんだから、もっとゆっくり時間をかけて」

「早紀子はスローなほうが好みなんだ？」

何を勘違いしたのか、直樹は楽しそうに笑みを浮かべた。

「え、あの？」

「それならそうと言ってくれよ。だったら明日は、品揃えの多いコスメショップを見て回ろう。幾つか試して、好きな香りのオイルを選べばいい」

直樹が嬉々《きき》としてスマホを取り出し、ショップの検索を始める。早紀子はありがたいものの、彼の誤解が心配になる。

「嬉しいけど、私が探してるのはマッサージオイルで」

「わかってるよ。そういうことにしとこう」

意味深なウインクをされ、早紀子は恥ずかしくなる。直樹の疲れを取ってあげたかっただけなのに、こんなことになるなんて。

「明日の夜が楽しみだ」

直樹は早紀子の頭を撫で、そっと頬にキスをするのだった。

＊

「さぁ、始めようか」

直樹がバスローブを脱ぎ、裸体をベッドに横たえた。美しくたくましい身体が眩しく、早紀子の胸はドキドキして落ち着かない。

「どれに、する？」

今日買ってきたマッサージオイルは三本。様々な商品の中から肌に優しく、香りが良くてべとつかないものを選んだ。

「任せるよ」

直樹は微笑むが、今思いついたように付け加える。

「だけど早紀子もバスローブは脱いで欲しいな」

「マッサージするだけなのに」

「俺だけ裸なんて、恥ずかしいだろ？　こうしてれば、俺が早紀子の姿を見ることはないんだし」

直樹がうつ伏せになり、早紀子に背中を向ける。彼はちらりともこちらを見ないので、彼女は腰紐を解いた。

「……わかったわ」

早紀子はするりとバスローブを脱ぎ、マッサージオイルのボトルを取った。

とろりとオイルを受け、手のひらを重ねてゆっくりと動かす。ふぁっといい香りが立ち上り、ぞくんと身体が痺れた。

ベッドに上がり、直樹の裸体にまたがって、彼の背中に手のひらを這わせる。皮膚の熱でオイルが温められ、滑らかに伸びるのが心地いい。

「どう？」

「ん……いいよ……」

言葉少なに答える直樹は、本当に気持ちよさそうだ。早紀子は嬉しくなって、体重をじっくり掛けていく。

腰からお尻にかけて手を滑らせると、ギリシャ彫刻のように引きしまった臀部に、見入ってしまう。普段はそこまで目にとめることはないのだ。

「直樹の身体って、本当に綺麗ね」

「早紀子には負けるよ」

ふいに直樹が身体を起こし、早紀子を見つめた。彼女は身体を折り曲げるようにして、そろそろと後ずさる。

「やだ、見ないで」

「なんで？　こんなに綺麗なのに」

直樹は早紀子の手に手を重ね、彼女を組み敷きながら、オイルを自分の手に馴染ませる。

「どこから触れて欲しい？」

まるでシェフが客の希望を聞くみたいだ。早紀子は恥ずかしくて、子どものようにイヤイヤをした。

「ここ、かな？」

直樹が早紀子の手を解き、乳房を両側からもみ上げた。柔らかくて張りのある膨らみがオイルでぬめり、彼の指を深く沈み込ませる。

「……ぁ、ぅ、ん……」

「可愛い声。もっと聞かせて？」

直樹の親指が尖端を撫でた。

「ふぁ、ぁ」

甘い吐息が漏れ出ると、直樹の舌先が口の中に入ってきた。早紀子の頭は痺れてしまって、彼の舌に流されるまま自らの舌を絡めてしまう。

「んっ、ふっ……ぅん」

直樹は濃厚な口づけを続けながら、やわやわと早紀子の膨らみをもてあそんだ。指先で嘗めるように転がされ、彼女の身体は熱く火照っていく。

「ぁ、ん、ゃあ」

「堪らないな……ずっと、こうしてたい」

早紀子の肌の上で、直樹の手のひらがぬちっと滑った。何度も執拗《しつよう》に繰り返され、意識が飛びそうになる。

「っはぁ、はぁ」

どんどん余裕がなくなり、早紀子は直樹にしがみついていた。彼はそれに応えるように、舌を口蓋に擦りつけてくる。

「もっと、欲しい？」

「ん、ぁ」

唇が離れると、唾液が糸を引いて玉を結んだ。早紀子の身体はかつてないほど滾り、自分では興奮を抑えられない。

「気持ちいいの？」

「う、ん」

「じゃあ、もっと良くしてあげる」

直樹が早紀子の耳に口づけをして、ふっと息を吹きかけた。耳たぶに舌を這わせ、淫靡な動きでうなじへ向かっていく。

手は乳房から脇の下へ移動し、くすぐるように優しく撫でられる。お腹からみぞおち、そして乳房の谷間を抜けて鎖骨をねっとりと擦っていく。

「ゃ、あっ」

早紀子は思わず背中を反らし、痙攣《けいれん》するように身悶えた。はしたなく腰が揺れてしまい、恥ずかしさで顔を隠す。

「ちゃんと見せて」

直樹は優しく早紀子の手を取り、頬や額、瞼にまでキスの雨を降らす。

「早紀子が感じてるのがわかって、すごく嬉しいんだ」

甘くささやきながら、直樹の手のひらが太ももに移動した。上半身を触れられるのと、下半身を触れられるのとでは全然違う。

「ちょ、あ、あぁっ」

早紀子の声は蕩けてしまって、目の焦点も合わせられない。

「いい声だ、くせになりそう」

「もぅ、やめ、て」

早紀子のか細い拒絶は、直樹のついばむようなキスで、うやむやにされる。彼女の身体は芯から痺れ、もう彼に縋りつくことさえできない。

「早紀子のほうが、マッサージ好きみたいだね」

直樹は楽しそうに言い、早紀子の太ももの外から内へ指先を滑らせた。付け根から膝まで何度も折り返し、彼女を追い詰めていく。

「ンっ、やっ、あっ」

脈拍が速くなり、呼吸がどんどん荒くなっていくのがわかった。直樹は早紀子の鼓動を確認するように、優しく胸に触れて尋ねる。

「まだ、続ける?」

いい加減理性が限界に来たのか、甘えるような切羽詰《せっぱつ》まったような声だ。早紀子は身をよじり、首を左右に振った。

「早紀子も欲しいんだ？」

直樹が早紀子の身体に覆いかぶさる。ふたりの身体はオイルが馴染み、いつも以上にひたりと密着した。

「っ、もぅ、我慢できない」

かすれ声と共に唇が重なり、貪るようなキスが繰り返された。ふたりは何度も「愛してる」とささやき、一晩中抱き合ったのだった。

あとがき

こんにちは、水十草です。

マーマレード文庫様からの五冊目の作品、お手にとっていただき誠にありがとうございます。

今回はなんと極道もの、です。

とは言え、直樹の職業は金融ブローカーで、組員ではありません。

直樹には入れ墨もありませんので、極道ものらしい表紙にはならないだろうと思っていて、どんな雰囲気になるのか執筆中もずっと楽しみにしておりました。

できあがったのは、王子様とお姫様のように輝かしく華やかな表紙！　あまりにも麗しくてすごく感激しました。

黒髪でないヒーローは初めてでしたが、さばるどろ様が上品に描いてくださり、美しいふたりが幸せそうに寄り添う姿は、本当に綺麗でうっとりしっぱなしでした。素晴らしいイラストを誠にありがとうございます。

本作ではモナコだったりアメリカだったりと舞台が変わり、激動のドラマが繰り広げられますが、早紀子はいたって普通の女性です。

真面目に職務をこなし、失恋に傷ついた早紀子が、直樹と愛を育み、強く立ち直っていく様子を、楽しんでいただけたら幸いです。

また直樹の両親の恋物語にも、注目していただけると嬉しいです。大企業のお嬢様と極道の組員という、王道の切ない純愛ですので、こちらも堪能していただけたらと思います（悲恋ではありますが……）。

最後に本作の出版にご尽力いただきました、マーマレード文庫編集部様をはじめとする、多くの関係者の皆様に感謝申し上げます。

そして今回特に極道ものということで、こちらの認識が甘かった部分など数多くアドバイスいただき、担当編集のK様には大変お世話になりました。本当にありがとうございます。

また、いつも応援いただいている読者の皆様にも、この場を借りて御礼申し上げます。どうか、次作でもお会いできますように——。

水十草

m a r m a l a d e b u n k o

CEOは新妻と赤ちゃんに愛を誓う

ISBN 978-4-596-42842-4

勘違いパパの溺甘プロポーズ

～シークレットベビーのママは私じゃありません！～

水十 草

アメリカ留学中に知り合った容姿端麗な晃から、真摯な瞳で告白された映理。戸惑いつつも、初めての熱く蕩ける夜に溺れ…。しかし突然帰国を余儀なくされ、晃との連絡手段も失ってしまう。1年半後、赤ちゃんを連れた映理は晃に再会！　彼が超一流ホテルのCEOと知り、身を引こうとするが、晃は「もう離さない。必ず二人を守る」と熱烈に求婚してきて!?

甘くてほろ苦い。キュンとする恋♥　マーマレード文庫　定価 本体630円 + 税

ファンレターの宛先

マーマレード文庫をお買い上げいただきありがとうございます。
この作品を読んでのご意見・ご感想をお聞かせください。

宛先 〒100-0004 東京都千代田区大手町1-5-1 大手町ファーストスクエア
イーストタワー19階
株式会社ハーパーコリンズ・ジャパン マーマレード文庫編集部
水十 草先生

マーマレード文庫特製壁紙プレゼント!

読者アンケートにお答えいただいた方全員に、表紙イラストの
特製PC用・スマートフォン用壁紙をプレゼントします。

詳細はマーマレード文庫サイトをご覧ください!!

公式サイト

@marmaladebunko

twitterもチェック!

marmalade bunko
マーマレード文庫

御曹司の極蜜危険な執着に捕まったら、迸る愛のかぎりを注がれています

2023年9月15日　第1刷発行　定価はカバーに表示してあります

著者　水十 草　©KUSA MIZUTO 2023
発行人　鈴木幸辰
発行所　株式会社ハーパーコリンズ・ジャパン
東京都千代田区大手町1-5-1
電話　03-6269-2883（営業）
0570-008091（読者サービス係）
印刷・製本　中央精版印刷株式会社

Printed in Japan ©K.K. HarperCollins Japan 2023
ISBN-978-4-596-52276-4

m a r m a l a d e b u n k o